AF359317

L'INNOCENCE RECONNUE.

Par le R. P. RENÉ DE CERIZIERS, *de la Compagnie de* JESUS.

Vue & corrigée par Monsieur l'Abbé RICHARD, *Censeur Royal.*

DERNIERE EDITION.

A TROYES,

Chez la Veuve GARNIER, Imprimeur-Libraire, rue du Temple.

____

Avec Permission.

AVIS AU LECTEUR.

MON cher Lecteur, en attendant un Ouvrage dont je ne vous donne ici qu'une des moindres parties, je vous conjure d'arrêter votre jugement sur cette Histoire, & de ne point prendre les effets d'une Providence toute adorable, pour des feintes de Romans. Raderus dans sa barriere, Eritius, Putanus & d'autres Auteurs en peuvent garantir les principales circonstances; & je promets, avec le tems, de vous faire connoître, qu'il n'y a rien dans toute la Pièce qui ne soit aussi véritable qu'édifiant.

AU RÉVÉREND-PERE

MESSIRE HENRI

DE MAUPAS,

DOCTEUR en Théologie, Abbé de Saint Denis de Reims, & Premier Aumônier de la Reine, &c.

MONSIEUR,

IL y auroit bien de la témérité à retenir plus long-temps cette pauvre Princesse dans mon Etude ; la cruauté qu'elle souffre depuis quelques mois, ne doit pas moins l'ennuyer que les sept années de sa solitude ; elle proteste néanmoins que si elle se produit dans ce monde, c'est plutôt pour publier votre vertu que pour tirer la sienne de soupçon, & pour vous rendre de l'honneur, que pour en recevoir.

Souffrez, s'il vous plaît, qu'elle dise par tout que de tous ceux qui ont jetté les yeux sur sa misere, elle n'a trouvé personne qui possédât de plus louables qualités que vous. Elle sait bien votre modestie, ne voulant faire passer votre rare éloquence que pour une facilité naturelle de parler, & votre profonde érudition, que pour un simple desir d'apprendre ;

elle tâchera de perfuader que vos excellentes vertus ne
font que privations toutes nues du vice, & que le défaut des ocupations vous éloigne moins du mal, que
l'inclination que vous avez de le fuir.

Mais à dire vrai, quelqu'artifice que vous appor-
tiez à vous déguifer, votre mérite paroîtra toujours ;
la Providence de Dieu ne vous a pas expofé depuis
peu fur la Montagne pour cacher vos lumieres fous
le boiffeau, leur éclat commence de furprendre les
yeux de toute la Cour, & la douceur de votre influ-
ence d'en ravir les cœurs.

Tous ceux qui vous connoiffent vous aiment, parce
que le bien ne fouffre ni l'indifférence de l'amour, ni
la paffion de la haine.

Je vous conjure donc, MONSIEUR, de ne
point rebuter cette Innocente qui commenceroit de s'a-
vouer criminelle, fi fon malheur étoit affez grand pour
vous la rendre défagréable. Quoiqu'elle accufe fes maux
avec un peu d'impatience, elle croit que fes foupirs
vous peuvent entretenir fans ennui, votre feule bonté
lui donne néanmoins cette efpérance, & lui fait attendre cette faveur.

Celui qui rend fes plaintes intelligibles, voudroit
bien cacher fon nom pour fe couvrir du blâme de faire
paroître fon devoir & fon inclination en peu de chofe ;
mais puifqu'il feroit dommageable de fe produire avec
autant de difcrétion, permettez lui de prendre fans
déguifement la qualité de,

MONSIEUR,

Votre très-humble & très-obéiffant ferviteur,
RÉNÉ DE CERIZIERS,
de la Compagnie de JESUS.

APPROBATION.

J'ai lû, par ordre de Monseigneur le Garde des Sceaux, *l'Innocence Reconnue*, *la Mort & Passion de Notre Seigneur Jesus-Christ*, *les Figures de la Bible*, *la Vie & les Miracles de Saint Antoine*, &c. dans lesquels je n'ai rien trouvé qui puisse en empêcher l'impression & le débit. A Paris le 16 Avril 1723.

L'Abbé RICHARD, *Censeur Royal.*

L'INNOCENCE

RECONNUE.

EN l'une des Provinces de la Gaule Belgique, qui fut autrefois le pays des Tongres, environ le tems où la gloire du Grand Clovis commençoit à s'obscurcir, & que les enfans de ce Lion dégénéroient en des hommes beaucoup moins généreux, naquit une Fille dans la très-illustre Famille des Princes de Brabant. A peine cette petite créature vit-elle les premiers rayons de la lumiere, que ses parens lui donnerent une seconde naissance qui la rendit fille du Ciel, dont elle reçut le nom de Cenevieve. Ce n'est pas mon dessein de décrire les grandes vertus de cette Princesse, ni de faire voir les graces qu'elle possédoit, lors même que sa bouche étoit attaché aux douceurs de la mamelle. Personne ne pourra voir le comble de la prospérité & ignorer le fondement de sa peine.

Le Pere & la Mere ne l'appelloient ordinairement que leur Ange, & en effet ils ne se trompoient pas, puisqu'elle en avoit la pureté & l'innocence; une seule chose la rendoit dissemblable à ces divins Esprits, c'est que ceux-là poussent les hommes au bien par des mouvemens secrets & invisibles, & que celle-ci les y portoit par des exemples qui n'avoient pas moins de force que de douceur ; les Anges ont des attraits contre qui on a de la peine à conserver sa liberté ; & Genevive possédoit desgraces trop charmantes pour n'être pas inévitable. On ne pouvoit haïr sa dévotion à moins que d'être irraisonnable, & être encore pécheur, après l'avoir vue Il ne faut pas s'imaginer que les amusemens ordinaires de l'enfance occupassent ses pensées, rien ne partageoit le soin de sa dévotion que les divers moyens de l'entretenir & de l'accroître.

Le plus doux plaisir dont elle fut tentée, c'étoit l'amour de la retraite & la solitude : cette inclination lui fit bâtir un petit Hermitage au bout du Jardin, où la nature semblant favoriser son dessein, faisoit naître quantité d'arbres dont les agréables ombres ne permettoient pas même au soleil de voir les mystéres de sa dévotion, c'étoit-là qu'elle dressoit de petits autels de ramée & de mousse ; c'étoit-là qu'elle couloit la plus grande partie du jour, sans que le passe-tems de celles de son sexe & de son âge la pussent tirer d'un si doux entretien.

Quand sa mere lui remontroit qu'il étoit tems d'avoir de plus sérieuses pensées, elle répondoit modestement que les siennes avoient le plus beau & le plus grand de tous les objets : néanmoins tous ces desseins étoient dans l'obéissance, & on ne savoit si-tôt lui commander quelque chose, qu'elle ne s'y portât toute entiere ; mais que si l'on permettoit à son inclination de faire choix de sa condition, elle ne trouveroit aucune sorte de vin plus désirable que celle qui avoit attiré tant de grandes & illustres personnes dans la solitude, & qui de la moitié du monde en avoient fait un désert.

C'est le lieu, disoit-elle, où les Rois, les Princes & les Impératrices sont allés chercher les traces & les pas du Sauveur; c'est le lieu où Saint Jean conserva l'innocence de ses mœurs ; c'est le lieu où la pauvre vertu se retire, trouvant plus de sûreté parmi les bêtes farouches que dans les villes où l'on rencontre la cruauté des animaux ; c'est, en un mot, le lieu où je m'imagine un parfait repos, & où je pourrois trouver ma satisfaction, si vous me permettiez de l'y chercher.

Ce n'est pas, Madame, que je ne sois disposée de suivre tous les mouvemens de votre volonté ; mais certes, puisque vous me laissez la liberté de mes pensées, je croirois autant vous déplaire de dissimuler mon sentiment, que d'en avoir un contraire au vôtre, qui ne sauroit être que raisonnable.

Ah, Genevieve, vous ne savez pas d'où cette inclination nous vient, & pourquoi le Ciel nous l'a donnée; un jour viendra que vous suivrez l'exemple de cette incomparable Pénitente à qui l'Egypte a donné son nom, quoique vous n'en deviez pas imiter les débauches. Ce sera alors que vous connoîtrez la Providence de Dieu qui dispose de tout par des moyens secrets & inconnus à tout autre qu'à lui, & qui mene les hommes au point de la félicité parce qui les sembloit devoir précipiter dans l'abime de l'infortune.

Dieu a coutume de nous donner dès la naissance certaines

qualités qui font nos bonnes fortunes & l'ordre de toute notre vie. Les anciens, chez les Lacédémoniens, qui fortoient du ventre des meres la lance à la main, & ces autres à qui la nature avoit empreint une épée au bras, portóient fur eux des préſ ges de l'avenir & des ſignes de leurs Horoſcopes. Le grand Archevêque de Milan, tout petit & tout enfant q 'il étoit, faifoit le Prélat, béniſſant ſes compagnons & leur impoſant les mains comme s'il eut déjà ę é ce que par la ſuite il devoit être. Tous ceux qui remarquoient la dévotion de notre petite Vierge, ne pénétr ient pas les fecrets de Dieu, & ne vo-yoient pas dans ces deſſ ins de l ng-tems aprés. Laiſſons-là ces menues dévotions à la connoiſſance de celui qui en ſait la va-leur, & qui en récompenſe le mérite.

Venons à ces nobles actions qui portent le p'us de jour & de lumiere, & qui marquent plus viſiblement le ſoin avec le-quel le Ciel veille ſur le ſalut des hommes.

Me voici tout à coup dans la dix-ſeptieme année de notre Princeſſe ; mais qui pourra marquer toutes les vertus de ſon ame & toutes les belles qualités de ſon corps ? Une au-tre plume que la mienne diroit que la nature avoit fait des coups d'eſſai dans toutes les beautés de ſon ſiécle, pour donner en elle un ouvrage accompli de ſa puiſſance & de ſon induſtrie. Et à point mentir, elle ſembloit n'y ê tre point obligée, puiſ-qu'il n'y a point de différence de voir un diamant dans la boue, ou un prince plein de majeſté ſous les ruines d'une cabane, que dans l'obſcurité d'une priſon. Je veux dire ſur ce ſujet qu'elle n'avoit garde d'accroître ni ajouter ces artifices, par leſquels la laideur veut ſembler belle.

Elle n'avoit point d'autre coloris que celui qu'une honnête modeſtie lui mettoit ſur les joues, point de fard que celui de l'innocence, point de ſenteurs que celle d'une bonne vie. Auſſi n'y avoit-il point ſur ſon viſage de rides à réparer avec le plâtre, point de noirceur à colorer avec le blanc, point de puanteur à couvrir avec le muſc & la poudre d'iris.

Toutes les graces lui étoient propres & non pas empruntées ; contraire à ces les-ci, qui n'ayant pas aſſez de charmes pour ſe faire aimer, ont recours à l'artifice des modes, comme à une magie naturelle, pour y trouver ce que la nature ne leur a pas voulu donner, & ſe faire agréables malgré leurs défauts.

Mais auſſi, comme les habits qu'on y prend ne durent pas toujours, auſſi cette beauté ſe perd, & l'on remarque aprés le péché la même différence qu'on voit entre des fleurs peintes &

les naturelles. Quoique notre Genevieve apportât si peu de soin de conserver ses graces & ses perfections, encore en avoit-elle assez pour se faire un grand nombre d'idolâtre, si elle eut voulu contribuer en quelque chose au malheur des ames, & découvrir ce que la modestie doit cacher, sachant bien que la perle n'est point si précieuse dehors que dans sa nacre, & que l'or est exposé en proie aux hommes aussi-tôt qu'il est exposé à leur vue; elle ne paroissait hors de sa chambre que comme les éclairs hors de la nuée, quand la nécessité & la bienséance lui commandoient. Les filles croient qu'elles ne seront jamais recherchées, si elle ne vont chercher les hommes, exposant tout ce qu'elles ont de beauté aux yeux même des enfans; mais cette fausse opinion trahit ordinairement leur bonne fortune, pour n'être pas assez rares, on les estime trop communes, & quelque retenues qu'on ait à juger, la liberté qu'elles se donnent de prendre toutes sortes de récréations, les fait passer pour des filles immodestes. Le Soleil se fait adorer où il ne se fait voir qu'une fois l'an; certainement si les femmes étoient plus retenues à se montrer, je ne sais si le siecle des Divinités prophanes ne retourneroit pas, & si le Dieu du Berger Pâris ne trouveroit pas autant d'adorateurs parmi nous, qu'il en eut autrefois parmi les idolâtres. Voila tout l'artifice dont se servoit notre innocente fille, pour attirer ceux qui avoient assez bonne opinion d'eux-mêmes pour espérer quelque part en sa jouissance. Parmi ceux qui en firent la recherche; *Sigysfridus*, que nous appellons Siffroi, ne fut pas des derniers, ni des plus malheureux, puisqu'il remporta lui seul ce que les autres avoient désiré. Sans vous dire qu'il étoit un des plus puissants Princes de Tréves, c'est assez pour connoître sa qualité, de savoir qu'il eut le cœur assez bon pour penser a l'alliance d'une Maison Souveraine. Ce jeune Seigneur ayant appris de la renommée une partie des perfections de cette belle Princesse, voulut bien plutôt croire ses yeux que le bruit commun. Le voilà en chemin avec un équipage si magnifique qu'il ne laissa à pas un de ses rivaux la vanité de faire des comparaisons. Etant arrivé il alla aussi-tôt faire sa révérence au Prince & à la Princesse sa femme, qui lui permirent de saluer Genevieve à laquelle il fit tous les offres de service qu'on pouvoit attendre d'un amour sans artifice.

Ce fut après l'avoir vue, qu'il avoua que les Poëtes n'avoient pas donné assez de bouche à la renommée, & que pour publier toutes les perfections de Genevieve, il eût fallu plus d'une trompette. Que fera-t-il après être revenus des ravissemens que cet aimable objet lui avoit causé ? sa fidélité, sa discrétion lui font espérer un heureux succés de son amour ; il criant toutefois de mériter peu & de trop désirer, & que sa Maîtresse ne soit aussi dédaigneuse qu'elle est belle.

Cette erreur n'occupa guéres long-tems son esprit, car il ne l'eut pas entretenue deux fois qu'il la trouva remplie de tant de douceurs & de modestie, que sa passion de ibre devint nécessaire. Il tâcha de l'exprimer par ses soupirs, ne l'osant déclarer par ses discours, de crainte de faire passer ses véritables sentimens pour de sottes & foibles rêveries. Aussi avoit-il pris garde que le mot de mariage ne lui étoit jamais échappé de la bouche qu'une honnête honte ne parut sur le visage de Genevieve, & n'en augmentât la beauté. Il craignoit si fort que'ques mauvaises paroles qu'il n'osoit pas même lui en dire de bonnes. Etant donc dans cette apréhension, il alla trouver le Prince & la Princesse auxquels il déclara le sujet de son voyage en peu de paroles.

Monsieur, si vous êtes aussi favorable à mes desseins que votre douceur me le fait espérer dans l'incertitude de ma bonne ou mauvaise fortune, je me crois presqu'assuré de n'être pas tout-à-fait malheureux. Je ne suis point, graces à Dieu sorti d'une Maison dont le nom me puisse servir de reproche, & quand à la gloire de mes ancêtres n'ajouertoit rien à mon mérite, je n'en suis pas si dépourvu, qu'il ne fut aisé, s'il étoit bienséant, d'avarcer des choses dont peut-être ur, utre que moi tireroit de la vanité. Ma noblesse n'est point égale a la vôtre ; je sais néanmoins qu'elle ne vous peut-être honteuse, si vous me faites l'honneur d'en agréer l'alliance. La fortune ne m'a pas donné si peu de bien que je ne puisse soutenir la dignité de votre illustre Maison ; mais quand ils seroient beaucoup moindres, je ne pourrois, sans trahir mon bonheur, vous céler l'ardente affection que j'ai, non pas tant pour la beauté de votre fille qui est incomparable, que pour ses grandes vertus : son mérite est si puissant sur mon esprit & sur mes volontés, que si la fortune m'avoit fait Empereur, je viendrois sans regret mettre à ses pieds la Couronne Impériale pour acquérir l'honneur de ses bonnes graces.

C'est donc à vous de faire ma joie ou mon déplaisir, puisque je la connois totalement prête à vous obéir. Voila à peu près les termes dont se servit Sifroi épris des vertus que possédoit Genevieve.

Le Prince pouvoit prendre un peu de vanité dans ce compliment, & trouver mauvais qu'on lui demandât sa fille avec de telles raisons : toutefois n'ignorant pas combien ce parti, étoit avantageux, il remercia Sifroi d'avoir jetté les yeux sur elle, les pouvant porter autre part, & lui témoigna de tenir sa recherche à l'honneur, néanmoins il ne vouloit pas être injuste jusqu'à contraindre sa fille dans une affaire où le choix est libre.

Il lui promit de porter autant qu'il pourroit sa volonté au consentement d'une alliance qui lui faisoit espérer autant de satisfaction qu'il y avoit d'aventage ; & même la mere fut chargée de traiter cette affaire & de ménager les affections de sa fille. Je ne veux point m'arrêter à décrire ce qu'elle rencontra à vaincre dans son esprit avant que de la faire joindre à son desir. Ce n'est pas pourtant qu'elle tint opiniâtrement dans ses sentimens ; mais certes elle avoit de la peine à se résoudre, étant tout à soi, de devenir la moitié d'une autre, & de se priver d'une chose qu'elle pouvoit conserver toujours, ne la pouvant perdre qu'une fois en sa vie.

Cependant il fallut obéir, mais quelle repugnance ! Le voile que la honte, lui mit sur le front, & ses larmes & ses soupirs vous le diront beaucoup plus que moi. Il est peu de sages filles qui ne se troublent qnand on leur parle d'un mari, & qui ne trouvent des difficultés de cesser d'être Anges, pour commencer d'être au nombre des femmes.

Voilà néanmoins notre Genevieve où tous les desirs, excepté les siens, la portoient. La voilà mariée à un grand Palatin. Ce seroit une chose superflue de dire qu'on n'oublia rien de toutes les réjouissances qui peuvent honorer une Noce : Les danses, les bals, les tournois & tous les autres exercices de galanterie, fussent les moindres passe-tems de cette Fête.

Tous ceux qui virent le bonheur de ce mariage, le crurent éternel ; mais hélas ! qu'il y a peu de roses parmi beaucoup d'épine, & que la prudence humaine pénétre bien peu avant dans l'avenir ! Genevieve, je vous donne deux années à vivre, sinon contente, aumoins dans le plaisir : votre mariage a commencé comme celui d'Eve dans un Paradis, il se terminera comme le sien dans une solitude. Jouissez à la hâte des contentemens qui doivent si peu durer. Pourquoi troublons-nous nos délices ? Attendons les maux sans les chercher.

Après que nos jeunes Mariés eurent passé quelques mois à a Cour de Brabant, ils partirent pour s'en aller à Tréves. Les parents de Sifroi, la reçurent avec tous les respects que sa qualité & son mérite devroient attendre de leur affection. S. Hidwige qui étoit pour lors Pasteur de cette grande Ville, fut aise de voir sa Bergerie accrue d'une si innocente brebis ;

pour témoigner sa joie, comme elle étoit sur le point de partir
pour sa Maison de Campagne, il lui donna sa bénediction

Ce lieu de plaisir étoit une Campagne qui n'étoit terminée
que de l'Orison : le Château étoit entouré d'un parc où il sembloit que le Printems se retiroit avec les Zéphirs, quand les
Aquilons regnoient aux plaines d'Allemagne. Quelque rigoureux que fut l'hiver, il ne touchoit point aux Oranges, & il
ne respectoit pas moins les Lauriers que la foudre ; au pied de
la muraille couloit une riviere qui nourissoit en tout tems un
grand nombre de Cygnes. Ce fut dans ce lieu plein de délices,
& tout semblable aux Palais enchantés de Romans, que Sifroy
& Genevieve menoient la plus douce & la plus innocente vie
de leur siécle. Rien ne troubloit leur contentement ; & tout
contribuoit à leurs plaisirs. Pas un des Domestiques n'étoit privé
de ce bonheur, la paix & la bonne intelligence gouvernoient
absolument tous ceux qui étoient de leur suite ; on ne parloit
point d'autre finesse que de celle de tromper les oiseaux ; &
à dire vrai, il auroit fallu changer de Maître pour faire autrement, parce que l'on ne pouvoit non plus souffrir la tempête en
cette maison que sur la cime de l'Olimpe, où en cette partie de
l'air qui est au dessus des vents & des orages. Si quelqu'un vouloit avoir son congé, c'étoit assez de faire une mauvaise action,
afin de l'obtenir ; pour mériter leur affection, il falloit avoir
celle de Dieu. Tout ce repos venoit de l'exemple des Maîtres,
tant il est vrai que les Seigneurs font la vertu des Sujets.

Que pouvoit-on souhaiter au bonheur de cette maison ? si
non qu'il fût constant ; mais à peine deux ans étoient écoulés en
cette innocente vie, que le tembour d'airain des Sarrasins trou-
bla leur satisfaction. Abdéram, Roi des Maures, qui étoit
passé de l'Afrique dans l'Espagne, ne promettoit rien moins à
son ambition, que la conquête de l'Europe ; la perfidie des
traîtres, plutôt que son courage, l'avoit déjà mis en possession
de toutes les Provinces qui font au-delà des Pyrennées.

La France lui étoit un friand morceau ; mais il craignoit d'y
trouver d'autres gens que des goths. Il n'ignoroit pas qu'il y
avoit encore des anciens Gaulois, dont les ancêtres au nombre
de trente Chevaliers chassérent autrefois deux mille cheveaux
Maures, & les contraignirent de se retirer dans Andrumette.
Considérant donc qu'en chaque Province il y avoit des Nations
entieres à vaincre, & en France beaucoup d'hommes à com-
battre, il dressa la plus effroyable armée que l'Occident ait
jamais vue. Ce déluge de Soldats s'étendoient depuis les Pyren-

nées jufqu'en Touraine, où l'invincible Charles Martel l'attendoit avec douze mille chevaux & fixante mille hommes de pieds. La renommée d'une bataille jointe à l'intérêt de tout le Septentrion amena une grande troupe de Nobleſſe à Martel, d'autant que les braves guerriers trouvoient autant de gloire à combatre ſous ce grand Capitaine, qu'à gagner des victoires par la conduite des autres.

Sifroi qui étoit un des plus puiſſants Seigneurs d'Allemagne, eût eu honte de dormir ſur le ſein de ſon épouſe, pendant que tous les autres penſoient au ſalut public. Mais il trouva beaucoup de réſiſtance dans la réſolution de Genevieve, & plus d'une difficulté à ſurmonter, puiſqu'il avoit l'amour & la crainte d'un côté, & l'honneur le piquoit vivement de l'autre ; car il ne pouvoit ſe réſoudre à quitter un bien qu'il commençoit ſeulement de connoître; pour moi, je crois que ſi Dieu n'eut envoyé une forte inſpiration à Genevieve pour la porter au conſentement de ce voyage, que le déſir de conſerver ſa réputation étoit en danger de céder à la violence de ſon amour: toutefois quand il fallut ſe ſéparer, ce fut où ces deux Amans eurent beſoin de leurs vertus . paſſons vîtement ſur cette fâcheuſe rencontre, peur de nous noyer dans les larmes qu'ils répandirent.

L'appareil de guerre étant venue , & le jour du départ étant venu, le Comte appella tous ſes Domeſtiques, & aprés leur avoir recommandé l'obéiſſance à l'égard de ſa chere femme, il prit ſon favori par la main, & puis adreſſant la parole à Genevieve, il lui dit : ma fille, voici Golo à qui je laiſſe le ſoin de mes plaiſirs ; l'expérience que j'ai de ſa fidélité me fait eſpérer que l'ennui de mon abſence ſera en quelque façon modéré par la confiance que vous prendrez de ſon ſervice. Je ne vous dis autre choſe à ſa recommandation , ſinon qu'après moi vous devez attendre plus de ſoulagement que de perſonne au monde , & par conſéquent je vous prie de le chérir à ma conſidération : à ces mots la pauvre Genevieve ſe pâma; elle tombe, ou la releve trois fois, on court aux remédes pour appeller ſon ame qui ſembloit fuir de peur de voir le départ de Sifroy. Peut-être de crainte de demeurer ſous la conduite de Golo. Le Comte avoit remarqué un changement notable ſur le viſage de ſa femme lorſqu'il la recommandoit à la fidélité de ſon favori , baiſſa les yeux, & dit ces paroles : *C'eſt à vous ſeule , Reine du Ciel , glorieuſe Mere du Seigneur, que je laiſſe le ſoin de ma chere Genevieve.* Allez, Sifroy : allez hardiment où l'honneur vous appel'e, ne craignez pas qu'il arrive aucune diſgrace à celui de votre femme, vous ne pouvez la mettre en de meilleures & plus fidelles mains que celles où vous la laiſſez.

Mon Dieu, que le cœur de l'homme a de replis, & son esprit peu de prudence pour en decouvrir la malice! est-il rien de plus important que le choix des amis & des bons serviteurs? Néanmoins il n'y a rien au monde où nous soyons plus facilement & plus dangéreusement trompé. Oh! que notre Palatin faillit lourdement en l'opinion qu'il avoit de Golo! Genevieve n'est pas une femme de Putiphard; mais Golo n'est pas aussi un Joseph; ses honteuses & abominables pratiques feront voir la perfidie de son ame.

Accompagnons notre guerrier à l'armée où il fut très-bien reçu du Grand Martel: j'estime de dire qu'il ne sera pas hors de propos de raconter le combat où Siroi se trouva, afin de tracer une légére image de celui que notre courageuse Princesse soutenoit en même tems. Nous avons dit que Charles-Martel attendoit Abderame proche de Tours, où une belle compagnie sembloit lui offrir le champ de ses victoires. Ayant appris que l'ennemi avoit mis ses gens en ordre, il disposa les siens de sorte qu'ils avoient la Riviere de Loir & celle du Cher à dos, & quatre cens mille Maures en tête, pour les faire vaincre; il ordonna aux habitans de Tours d'ouvrir les portes seulement au vainqueur; pour ôter toute espérance de fuir, il mit sur les aîles de son armée cinq à six cents de ses plus braves cavaliers, avec commandement expresse de couper les jarrets au premier qui abandonneroit son rang, & qui mettroit l'assurance de son salut autre part que dans ses bras.

Après que son camp fût dressé, il parla ainsi à ses soldats: Compagnons, je vois bien que l'ardent desir qui vous presse de combatre m'empêchera de vous faire un plus long discours; aussi le crois-je inutile puisque vous êtes plus disposés à faire de bonnes actions que moi à dire de bonnes paroles. N'attendez pas que j'aille chercher dans le souvenir des siecles passés des exemples de valeur; j'ai toujours connu que vous aimiez mieux donner à vos neveux que les prendre de vos ancêtres, & quand nous aurions resolu la ruine de nos maisons, la destruction des Villes, la désolation des Provinces; les pleurs de nos enfans & l'honneur de nos femmes ne nous porteroient-ils pas au desir de vengeance? L'injure qu'on fait à Dieu & à notre Religion, n'est-elle pas un assez puissant motif pour vous porter à punir la fureur de ces Barbares qui viennent de si loin vous apporter des Palmes? Je n'aurai jamais si mauvaise opinion de votre piété, que de croire que vous veniez à mépriser ce Dieu que vous adorez, cette Religion que vous avez suivie, & ces

Autels que vous avez dressés il ne peut se faire que vous soyez
prets de porter votre foi au milieu de la Barbarie, & que vous
permettiez à l'impiété de ces Maures de fouler aux pieds ce
qu'elle possède de plus auguste au sein de votre patrie, & jusques devant vos yeux : mais je ne m'apperçois pas que mon
discours a déja sauvé la vie à vingt mille de ces poltrons, & empêche que la victoire soit de notre côté. Allez donc combat-
tre devant les yeux de S. Martin, duquel vous soutenez aujourd'hui la querelle, & vous souvenez que vous êtes François.
L'impatience des François ne permit pas à Charles de
parler plus long-tems, aussi ne voulut-il pas attiédir cette ardeur capable de tout vaincre, quand elle est bien ménagée, &
à qui rien ne peut nuire que son excés. Voilà donc nos Lions
qui foncent dans cette grande multitude de Sarrasins.

Hugues avec les Gascons s'attacha au bagage, & y fut mis
par le commandement de Martel qui jugea que le cris des femmes & des enfans causeroit du trouble dans l'Armée d'Abdéra-
me. L'événement ne trompa pas son attente, car aussi-tôt la
terreur se mit parmi ses gens ; l'on entendoit que gémiss-
mens, l'on ne voyoit que sang & carnage. Nos François
massacrerent tout ce que la suite ne tiroit pas de leurs armes
victorieuses ; & pour dire en un mot, ils remportérent la
plus grande victoire dont on ait jamais oui parler, les Sarrasins laissant plus de trois cens soixante-quinze mille Maures
avec leurs Chefs, ce qui ne coûta que la perte de quinze cens
hommes. Le reste des Maures se ralia sous Accupa, l'un de
leurs Rois, qui s'empara d'Avignon.

Notre Grand Charles voulant laisser des marques de piété
& de l'hommage qu'il faisoit au Ciel de cette victoire, bâtit
une Chapelle qu'il nomma *De Bailo*, depuis par corruption,
elle est appellée la Chapelle de S. Martin le Bel. Il étoit bien
raisonnable d'honorer la valeur des Princes & Seigneurs de
quelques marques de gloire, comme le courage des Soldats
avoient trouvé sa récompense dans le butin.

Après cette heureuse journée, on présenta à Martel un
grand nombre de Genettes qui sont de petits animaux noirs,
mouchetés de taches rouges. Voulant les faire servir de mo-
nument & de trophées à la Victoire, il institua l'Ordre de la
Genette, qui étoit de trois chaînes d'or distingués d'autant de
roses, que nos anciens Gaulois mettoient dans le bouclier de
leur Dieu, & de la chaîne pendoit une Genette au collier de
France, semée de Lys, qui reposoient sur un gazon fleuronné ; le
nombre

nombre des Chevaliers étoit de seize, parmi lesquels Sifroy tenoit un des premiers rangs, comme celui qui n’avoit cédé à personne en cette occasion. La tête de ce prodigieux serpent qui avoit roulé ses plis par la France, avoit été froissée notre Martel, mais la queue remuoit encore un peu; c’est pourquoi on prit le dessein de suivre Accupa devant Avignon.

Notre Paladin qui ne vouloit pas s’en aller avec la moitié de la gloire, & qui se voyoit obligé par de si bonnes reconnoissances d’en pourfaire la perfection, par le dessein de ne point abandonner l’armée de cette entreprise; mais ne s’en promettant pas si-tôt la fin, il envoya visiter Genevieve par un de ses Gentils-hommes qui portoit le collier de l’Ordre, avec cette Lettre: Madame, depuis le tems que je suis parti d’auprès de vous, si j’avois voulu croire mon impatience, je me plaindrois de n’avoir pas vécu depuis que les considérations de l’honneur prirent une si rude contrainte à la liberté de mes contentemens. Et à dire vrai, les felicités passées étant des miseres présentes, je ne puis me souvenir du bonheur que j’ai possédé, sans m’avouer le plus miserable de tous ceux qui vivent sur la terre: & comment pensez-vous que mon esprit se trouve parmi les hazards de la guerre tant pour la crainte de mille dangers qui m’environnent, que pour l’appréhension que j’ai de ne plus jouir de votre compagnie.

Si l’assurance que j’ai de vivre dans votre souvenir & dans la plus tendre partie de votre cœur ne flattoit ma douleur, il y a long-tems qu’elle seroit Maîtresse de mes sens, & qu’elle ne trouveroit plus de reméde dans toute ma raison: c’est cette confiance qui m’a conduit en des lieux où la mort sembloit être aussi certaine que la vie sembloit peu assuré, car je veux bien que vous sachiez, Madame, que le plus puissant motif qui me jetta dans les hazards, ce fut celui-ci. Hélas! disois-je à moi-même, tu vis dans le sein de ta Genevieve, qui seroit si cruel que d’offenser cette belle & innocente poitrine pour lui procurer du mal? non, toute la barbarie n’a pas assez de cruauté pour faire un si lâche péché, & la mort même toute aveugle qu’elle est, a trop de connoissance pour avoir si peu de discrétion. Elle a bien montrée en ne me faisant aucune plaie, qu’elle appréhendoit de vous causer de la douleur. Lantroi vous dira le bonheur de nos ames, & la juste raison qui m’empêche de vous aller voir. Surtout Madame, je vous conjure d’essuyer vos larmes, & d’arrêter vos soupirs qui me viennent chercher de si loin autrement je ne croirai pas que vous preniez part à notre bonne fortune, si vous ne partagez le contentement avec moi : afin que vous ayez quelque sujet de le croire, je vous offre le préfent dont il a plu à notre invincible Général d'honorer mon courage & l'envie que j'ai eu de bien faire.

Je ne faurois le préfenter à une perfonne qui me foit plus chere que vous ; fi vous le recevez avec la bienveillance que je me promets, j'en tirerai autant d fatisfaction que fi on érigeoit des ftatues à ma valeur, & que fi toutes les bouche de la renommée s'employent à ne parler de mon mérite. C'eft là l'eftime que je defire que vous ayez de mon affection. Madame, confervez la plus belle vie du fiécle.

Laiffons partir Sifroy pour la Provence, & allons trouver la Comteffe avec Lanfroy, qui ne mit beaucoup de tems à fe rendre auprès d'elle. Quand on lui vint dire qu'il étoit arrivé un Gentilhomme de la part de fon Mari, elle fe promenoit dans les détours d'un labirinthe pour y perdre fes ennuis, où du moins pour en charmer l'importunité par cet honnête divertiffement. Lanfroi étoit par malheur vêtu de noir ce jour-là ; ce qui fit prefque pâmer Genevieve auffi-tôt qu'il parut ; mais ayant remarqué à fa contenance & à fa mine des témoignages de joie plutôt que des marques de trifteffe, elle lui demanda d'une voix toute tremblante comment Sifroy fe portoit.

Après que le Gentilhomme eut fait une profonde révérence, il préfenta fon paquet. Madame, dit-il, voici des Lettres qui le diront de meilleure grace que moi. Les ayant ouvertes elle s'éloigna un peu dans une allée les lut deux ou trois fois, s'arrêtant fort long-tems à chaque mot ; néanmoins la joie n'étoit pas entiere, confidérant que le Palatin étoit abfent. La curiofité de mille demandes fe préfentent à fon efprit, elle appella Lanfroy qui par fon commandement lui dit que fon Maître étoit à Tours, fur le point d'aller à Avignon, pour affiéger le refte des Sarrafins, qui s'y étoient rétirés, & de-là à Narbonne contre Antime qui tenoit cette place. fou ce difcours ne plaifoit guères à la Comteffe qui jugeoit bien que ces fièges de Villes tiendroient long-tems fon mari. Enfin ayant appris que l'on craignoit encore la venue d'un autre Roi nommé Améré, qui amenoit du fecours à fa Nation ; elle vit bien que le retour de Sifroy ne fe devoit efperer que l'année fuivante, ce qui la fit réfoudre de lui dépêcher fon Gentilhomme quelque tems après avec cette réponfe.

„ Monfieur, fi la lettre que vous m'avez écrite à donné de la „ confolation à mes maux, je ne veux point d'autre témoins „ que celui qui me l'a rendue, mais fi elle m'a caufé de nouvel-

» les appréhensions, il n'y a que mon amour qui vous le puisse
» di e Comme je desire certainement votre retour au-delà de
» toute chose, l'assurance que j'ai de votre retard me cause d'aussi
» véritables douleurs , que l'espérance de votre retour me don-
» noit de vraie joie. N'étoit-ce pas assez de me céler le tems qui
» me pouvoit faire espérer, sans me dire que je dois être miséra-
» ble une année toute entiere, & que je vous verrai seulement
» lorsque vous aurez vaincu une hydre qui renaît tous les jou s?
» Quand les premieres nouvelles de cette grande défaite nous
» furent apportées, & que le sang en fut presque venu flotter
» au pied de notre maison , je ne saurois vous expliquer com-
» bien de craintes assaillirent mon esprit.

» J'entendois sans cesse mes pensées qui me disoient : Gene-
» vieve , crois-tu que la mort ait épargné ton Palatin, parmi
» tant de milliers d'hommes que sa fureur a ravagé? Si son
» aveuglement lui ôte toute connoissance, & ne lui laisse au-
» c ne discrét on, tu n'as point sujet d'espérer qu'elle ait con-
» servé une vie qui lui étoit inconnue : cette tempête est pas-
» sée, cet orage est dissipé, & vous me jettez dans de nouveaux
» désespoirs. Ô ! que vous appréhendez peu ce qui m'expose
» cent fois le jour au hasard d'être veuve.

» Considérez, mon cher Sifroy, que la fortune n'a point de
» plus ordinaires moyens de faire paroître ses faveurs que leur
» peu de durée: sa constance ne pouvant être assurée, elle
» vous doit être suspecte. Que savez-vous si l'éclat de ses hon-
» neurs qu'elle vous présente n'est point de la nature de ces
» feux qui n'éclairent que pour conduire dans des précipices.

» Oh! qu'il vaudroit bien mieux qu'elle eût laissé votre cou-
» rse sans récompense, que de vous offrir de nouveaux mo-
» tifs de vous perdre. Je n'ignore point la justice de vos armes,
» & que le Ciel ne soit obligé de les faire prospérer, s'il veut
» maintenir sa querelle ; mais aussi qui ne sait que souvent il
» nous fait choquer nos ennemis afin de nous briser, cherchant
» dans notre perte, ou la vengeance de nos péchés, ou le mé-
» rite de notre patience.

» Je n'o iniâtre point contre ce que la volonté de Dieu re-
» cherche de notre obéissance , néanmoins quoiqu'elle ne me
» soit pas connue, la raison veut que j'aie soin de votre salut,
» ne voulant pas que j'oublie le mien propre. Sans mentir, si
» votre absence étoit plus utile au service de Dieu, qu'elle
» n'est dommageable à mon repos, je ferois céder tous mes
» intérêts aux siens, & je ne desirerois pas seulement d'être

» heureuse au moindre défavantage de sa gloire ; aujourd'hui
» que la France est appuyée d'un bras sur qui presque toutes les
» Couronnes de la terre pourroient reposer le soin de leur con-
» servation, puis-je permettre d'accroître son assurance sans
» être complice des maux que vous me faites, & consentir
» ainsi à mon propre malheur ? Vous avez trop de connoissance
» de votre mérite pour ne pas m'estimer plus digne de votre
» amitié : & sans doute vous accuseriez mon jugement si j'a-
» vois si peu de prudence. Ne me croyez pas ignorante jus-
» qu'à ce point-là ; car je sais que des rivieres entieres du sang
» des ennemis ne valent pas une goutte du vôtre, & qu'il ne
» seroit pas désirable, bien qu'il fut utile, d'acheter la mo t
» de tous ces barbares par la moindre incommodité que rece-
» vroit votre personne.

   » Cette pensée me fait espérer que vous garderez votre
» courage qui est le plus redoutable de vos ennemis, de peur
» d'exposer trois personnes à une même mort.».

La douleur avoit commencé cette lettre, la douleur la finit.
Notre Palatin étoit déjà au siége d'Avignon lorsqu'il la reçut.

De vous dire le trouble que les dernieres paroles de sa femme jetterent dans son ame, ce seroit l'occupation de quelqu'un qui chercheroit des matieres ; je le ferois néanmoins s'il n'étoit à propos de vous découvrir la plus lâche & la plus infâme trahison qui puisse tomber dans l'esprit d'un serviteur.

Golo, à qui Sifroy avoit donné plus d'autorité que le Sauveur de l'Egypte n'en reçut de son Maître, avoit toujours regardé Genevieve avec le respect qu'il devoit à sa vertu, pendant que le Comte demeura avec elle. On dit que le diamant empêche l'action de l'aimant sur le fer, si on le met entre-deux ; il peut être véritable que Golo n'eût jamais eu une pensée contre son devoir en la présence de son Maître, soit qu'il appréhendât le châtiment de son infidélité, soit qu'il crût que sa femme ne partageroit jamais son cœur ayant devant les yeux celui qui le devoit posseder.

Cette Dame avoit assez de beauté pour être aimée, mais elle avoit trop d'honnêteté pour le permettre ; cela fit que le traître Golo cacha son feu pour quelque tems : mais enfin il ne peut brûler avec plus de discrétion que le laurier ; il soupire, il se plaint, il vouloit déclarer le mal qu'il souffre, toutefois n'osant en espérer le reméde, il croit perdre ses paroles & hasarder sa fortune, s'il dit ce qu'il doit faire. Ses pensées combattirent long-tems sa passion, & peut-être qu'elle eut été vaincue; si elle n'eût été aidée de la présence de son objet

Petit papillon, vous vous brûlerez, si vous ne vous éloignez de cette lumiere, dont l'éclat ne vous sera pas moins funeste que celui d'une Comete. Que fera notre Intendant devenu esclave de la plus sale de toutes les passions? Il prend courage & se résout de découvrir sa flamme à celle qui en étoit l'innocente cause. Il va dans la chambre de la Comtesse; mais aussi-tôt qu'il en apperçoit la modestie, sa témérité attend un refus & des reproches. Ce premier essai ne lui semblant pas être de saison, il remet le dessein à une autre rencontre.

Enfin voici l'occasion qu'il prit de découvrir ses desirs; la Comtesse avoit arrêté un Peintre pour travailler aux Galeries de son Palais, & parmi les ouvrages qu'il y fit, le tableau de Genevieve n'étoit pas un des moindres; aussi-bien ne pouvoit-il être laid, étant le Portrait d'une si belle personne.

Comme un jour la Princesse le regardoit, elle appella Golo & lui demanda son jugement sur cette peinture. Lui qui cherchoit les moyens de déclarer sa passion, fut bien aise de trouver celui-ci, & voyant que les Seigneurs & les demoiselles étoient trop éloignés pour l'entendre, il lui dit: Ah! Madame, si jamais le Pinceau réussit, c'est en faisant votre portrait, il n'est point ici de beauté quelqu'excellente qu'elle soit, qui approche de cette Image: pour moi, je crois que c'est assez d'avoir des yeux pour prétendre à son cœur.

En parlant ainsi, il avoit toujours la vue arrêtée sur Genevieve, témoignant par ses soupirs & regards lascifs, qu'il avoit de la passion pour autre chose que pour des couleurs.

Notre chaste Princesse l'apperçut bien; néanmoins la crainte de paroître trop fine, lui fit dissimuler de comprendre ce qu'elle ne pouvoit ignorer. Cette modestie servit de feu à un homme qui brûloit déjà. croyant donc que son discours étoit trop clair pour n'être pas intelligible & la retenue de sa Maîtresse trop grande pour n'être pas affectée, il continua ainsi ce qu'il avoit si mal commencé

Mais, Madame, si votre simple peinture donne de l'amour à ceux qui vous doivent le respect, ne pardonnerez-vous pas une personne qui en voudroit adorer le prototype? Sans doute Madame, que votre beauté est trop parfaite pour être si cruelle & si injuste que de vouloir condamner une passion à qui les Dieux ont obéi. C'est parler en idolâtre, repartit la Comtesse ces Divinités étant feintes, leur amour n'est qu'une fable Au moins ne sauroit-on nier, repartit l'Intendant, que ce menſonges ne vous puiſſent exprimer nos véritables affections.

Vous aimez donc, Golo? Oui, Madame, & la plus aimable perſonne du monde. Vraiement, je voudrois bien connoître celle qui vous a donné cette innocente affection, j'avancerois de tout mon pouvoir votre contentement, & ſi votre deſſein s'étoit arrêté ſur quelques unes de celles à qui je puis commander, je tâcherois de lui rendre votre recherche auſſi agéable qu'elle eſt avantageuſe. Genevieve, votre douceur a trop de complaiſance: ſi vous étiez un peu plus ſévere, vous ſeriez moins malheureuſe. Je vous laiſſe à penſer ſi nôtre Intendant avoit la tête dans les étoiles, en prenant la ſage diſſimulation de ſa Maîtreſſe, par un conſentement. Ce fut alors qu'il montra ſon viſage plus à découvert, & ſes ſoupirs firent la moitié de ce mauvais diſcours. Madame, je ne vois rien d'aimable que vous, ce ſont vos attraits qui ont vaincu la conſtance que j'oppoſois à ma fidelité: mais puiſque je reconnois que vos réponſes favoriſent mes deſſeins, je ne puis être malheureux ſi je ne ſuis un ſot.

Un coup de tonnerre eût frappé Genevieve avec moins d'étonnement que ces mots: néanmoins étant revenue à la liberté de parler, ſa colére & ſon indignation lui repréſenterent la honte de ſon infidélité avec des reproches ſi aigres, que s'il n'eût eu beaucoup de compaſſion, ſans doute il n'eut jamais eu d'impudence.

Comment, miſérable ſerviteur, lui dit-elle, eſt-ce ainſi que vous vous acquittez de la fidélité que vous avez promiſe à votre Maître? Avez-vous bien oſé porter la vue ſur une perſonne qui a autant d'horreur de votre crime, que d'envie de le châtier, ſi la repentance ne vous fait ſage? La diſſimulation dont je me ſuis ſervie, n'étoit-elle pas un avertiſſement à votre témerité que je ne voulois pas écouter? Gardez-vous de me jamais tenir de ſemblables diſcours; ſi vous êtes auſſi ſoigneux de votre bien que vous l'êtes peu de votre devoir, j'ai des moyens de vous faire repentir de votre folie. L'indignation & le dépit empêcherent le reſte de ſon diſcours.

Que dira Golo? il n'eſt pas tems de parler, & puis il voit que les ſerviteurs ſe ſont apperçus de l'émotion de la Comteſſe, ſe perſuadant qu'une autre occaſion la rendroit plus favorable à ſes pourſuites, il ſe remet avec une réponſe qui le tire hors du ſoupçon des Serviteurs, & qui l'excuſe auprès de ſa Maîtreſſe.

Madame, repartit ce ruſé, s'il y a de la faute en ce que vous

me reprochez, si elle est pardonnable, n'étant pas volontaire ;
j'espere faire une telle satisfaction à la personne que j'ai offen-
sée, que si elle est raisonnable, elle ne sera plus fâchée. Ceux
qu ouirent ces paroles, n'ayant pas entendu ce que la Princesse avoit dit, crurent que l'Intendant homme colere & bru-
tal, avoit offensé quelqu'un de la Maison, & qu'il promettoit de satisfaire aux plaintes qu on lui avoit faites.

Cette rencontre se passa de sorte : mais Golo qui n'eût pas
prisé sa conquête si elle eut été facile, redoubla sa passion,
& estima le bonheur de la posséder par la difficulté de l'aqué-
rir. Il pense, il médite les moyens d'en venir à bout ; enfin,
voici le plus juste, la plus honteuse & la plus criminelle pensée qui puisse tomber dans l'esprit d'un Serviteur.

Il y avoit un Cuisinier à la Maison qui avoit gagné les bonnes graces de la Comtesse par sa vertu ; c'étoit-là le seul artifice
& la magie dont il falloit user pour en posséder le cœur & l'affection. L'Intendant l'ayant reconnu avec les autres Domestiques, se résolut encore une fois de faire ces honteuses demandes, & au cas qu'il fut refusé, de rendre la chasteté de Genevieve suspecte à celui qui n'en doit pas douter : sa grossesse servoit de prétexte à sa malice, & l'envie que les autres serviteurs
portoient à ce pauvre Cuisinier, promettoit une facile créance
à sa calomnie.

Un jour, après souper que la fraîcheur du tems convia la
Comtesse de sortir, comme elle se promenoit dans un parterre
séparée de ses filles. Golo feignant d'avoir quelque chose à lui
communiquer, s'en approcha, & après plusieurs paroles lâ-
chées à dessein de sonder le guet, être les essions du comba
qu'il préparoit à la chasteté, après s'être mis en mille postures
& pris une infinité de contenance, & après avoir allégué toutes les mauvaises raisons de sa passion, il dit :

Ce discours, Madame, n'est pas pour vous contraindre de
m'aimer contre votre inclination, mais seulement pour vous
prier par cette derniére requête que je vous fais d'avancer m
mort avec ce fer : puisque votre rigueur ne promet pas à m
constance ce que mérite mon amour, ce seroit m'obliger d'un
faveur signalée de me faire mourir d'autre façon que lente
ment : en même tems qu'il lui tenoit ce discours il lui pre
sentoit un poignard.

Si la Princesse n'interrompit point les importunités de ce pe
fide, ce fut le depit qui l'en empêcha : car aussi-tôt qu'el e p
le faire commandant à sa juste passion de ne point échapper
lui repartit : Golo, je croyois que ma douceur auroit co

votre présompion, & que c'étoit assez de vous avoir monté
que votre poursuite étoit trop honteuse pour n'être pas vaine;
mais puisque ma bonté vous est inutile, je vous déclare que
si jamais vous êtes assez hardi que d'ouvrir la bouche a de semblables propos, mon mari en sera averti. Ah! Genevieve,
qu'avez-vous, cette parole ne vous coûtera que la vie, si la
crédulité de Sifroi seconde les artifices de Golo. Que ne le
faites-vous sans le dire? vous montrez bien que votre naïve-
té a plus de candeur que votre prudence n'a de conduite.

Mon cher Lecteur, c'est maintenant que vous allez voir
souffrir l'innocence; apprenez d'elle comme il faut endurer de
bonne grace. L'histoire que je m'en vais décrire est capable
d'en donner l'exemple & les motifs.

Notre Intendant piqué de ce refus se retire plein de rage
& de fureur, cette rage éclatera tantôt en une furieuse tempête. Quelques jours après, Golo fit appeller deux ou trois
des plus affidés de la Maison, puis ayant fait couler trois ou
quatre larmes, le traître dit en soupirant.

” Mes amis, je ne saurois vous expliquer avec combien de
” déplaisir je me vois contraint de vous découvrir une chose
” que je vous ai caché si longtems, c'est que j'ai espéré la
” correction dans le déplorable sujet de ce discours. Et si le pé-
” ché particulier de notre infortunée Maîtresse ne passoit en un
” scandale public, que la honte ne ternît point la gloire de son
” mari, je permettrois à mon silence de taire le crime de Ge-
” nevieve, pour de publier le déshonneur de Sifroi: j'ai hon-
” te de vous dire ou ce que je pense; mais quel moyen de
” vous cacher une chose dont vos yeux sont témoins? Ceux
” qui n'ont pas apperçu les folles actions les pourroient esti-
” mer innocentes, mais hélas! qui peut le faire? la flatterie
” de ses paroles, la mollesse de ses œillades, la liberté de ses
” actions & sa grossesse, sont des voix qui nous disent trop
” haut notre malheur: pour moi, sur la fidélité duquel notre
” Maître s'étoit reposé du soin de sa femme, comme j'avois
” plus d'obligation de veiller sur ces départemens; aussi ai-je vu
” des choses que je croyois bien être fausses pour les connoître ”
Traître & perfide Valet, est-ce ainsi que tu couvre ta malice
sous prétexte de dévotion? est-ce ainsi que tu caches ta noirceur
sous la belle apparence de piété? je dis ceci, mes amis, sur
ce qu'il m'est impossible de croire que Madame ait baissé les
yeux sur un coquin, s'ils n'ont été aveuglés par la force de
quelques charmes. J'ai cru que je devois prendre votre avis sur

ſi mauvaiſe affaire, de cacher l'infamie de cette Maiſon autant qu'il nous eſt poſſible. Pour moi, je crois qu'il faut mettre
ce miſérable Cuiſinier dans un cachot, en attendant le retour
de notre Maître, & parce que Madame le pourroit élargir étant
libre, il ne ſera pas hors de propos de lui faire garder la chambre avec le plus doux traitement que ſçauroit eſpérer une criminelle. Cependant je donnerai avis à Monſieur de la diligence
que nous avons apporté en cette affaire.

Toute cette belle harangue n'étoit pas pour perſuader ceux
qui étoient déja prévenus ſur l'innocence de la comteſſe ; mais
ſeulement pour garder quelqu'aparance de forme en une in-
juſtice ſi manifeſte.

Voilà donc la réſolution priſe contre les deux innocentes
victimes. Un matin que Genevieve étoit encore au lit, Golo
appella le Cuiſinier, & avec des paroles qui avoient cela de
commun avec le tonnere, qu'elles ne grondoient que pour
lancer la foudre, lui reprocha qu'il avoit mis un poiſon amou-
reux dans les viandes de la princeſſe, par le moyen duquel il
avoit diſpoſé de ſa volonté & de ſa perſonne.

Le pauvre Drogan eut beau proteſter qu'il étoit innocent
appeller le Ciel & la terre à témoin de ſa conduite , & de
l'honnêteté de ſa Maitreſſe, il fallut paſſer le guichet, & faire
une longue pénitence du péché de Golo, n'ayant d'autre conſolation dans ſes ennuis que les larmes qu'il répandoient jour
& nuit dans la priſon.

Ce fut une choſe digne de compaſſion quand ce malheureux
impoſteur alla dans la chambre de Genevieve, pour lui faire le
mauvais diſcours qui avoit rendu Drogan coupable. A dire vrai
la ſainte Dame eut beſoin de toute ſa vertu dans cette rencontre
encore ſi patience échappa-t-elle un peu ; mais comme il n'y
avoit perſonne qui ne fut à Golo , auſſi n'y eut-il perſonne qui
écoutât ſes plaintes, ni qui fut ému de ſa miſere. On la prend
& on la méne dans la Cour, d'où elle pouvoit aſſez entendre
les cris pitoyables de Drogan, mais non pas pour ſoulager ſes
maux. Pour expliquer les regrets de Genevieve, il faudroit
être touché des mêmes ſentimens qu'elle, pour moi, j'aime
mieux que vous les méditiez que de les mal expliquer.

Tant de regrets pouvoient faire mourir une femme enceinte
de huit mois, ſi Dieu n'en eut pris un ſoin particulier. Toute la
conſolation qu'elle avoit parmi tant de triſteſſes, c'étoit que le
Ciel ne pouvoit laiſſé cette injure impunie, ſans s'en déclarer
le complice ; tâchant quelquefois de faire ſortir ſes ſoupirs de

prisons, elle se plaignoit amoureusement en cette sorte :

Hélas ! mon Dieu, est il possible que vous permettiez les maux que je souffre, avant une parfaite connoissance de leur extrémité ; que vous ai je fait pour me rendre le triste sujet de tant de douleurs ? Les petits services que je me suis efforcé de vous rendre me faisoit espérer une meilleure fortune ; mais je veux maintenant, ou que vous châtiez rigoureusement leurs defauts, que vous méprisiez de reconnoître leur mérite. Mais très pitoyable pere, n'avez-vous point de châtimens plus doux & moins honteux La perte de mes richesses n'étoit-elle pas capable de me faire réprouvée ma patience & de punir les révoltes de mon cœur? Les maladies ne pouvoient-elles pas expier mes offenses ? La mort de mes parens, la mienne propre étoit-ce trop peu de chose, pour tenter ma fidélité ? Oh ! que vous m'eussiez obligé, si votre justice eut pu se contenter de cela.

Cette faveur me seroit bien nécessaire, je ne la demande pourtant pas, pourvu que cet innocent que je porte ne soit opprimé sous ma ruine, je consens que vous le permettiez. Qu'on me cache dans les ténébres d'une prison, & qu'il voye la lumiere du jour & celle de votre grace. Qu'on me frape, & que les coups ne tombent sur lui. Qu'on me calomnie, & que le blâme ne lui demeure point. Qu'on me fasse mourir, & qu'il vive. Je pourrois espérer de votre miséricorde, qu'un jour on reconnoîtra que la Mere étoit misérable, mais innocente : affligée, mais sans péché ; calomniée, mais sans sujet, condamné mais sans crime. Mes cendres recevront cette satisfaction de mes ennemis, & mon ame sera contente : si vous me promettez cela de votre bonté, je ne languirai point sans quelque sorte de plaisir, & je regarderai comme une faveur de me noyer dans mes larmes pour n'avoir pas voulu brûler d'un feu qui vous eût été désagréable.

C'est ainsi que la pauvre innocente soupiroit nuit & jour sans espérer aucun soulagement que du Ciel ; car d'en atrendre des hommes, c'eût été aider à s'abuser & chercher des illusions.

Personne ne mettoit le pied dans cette Tour : Golo étoit le Dragon qui gardoit ce trésor, où il avoit toujours son cœur, il alloit souvent voir Genevieve, qui recevoit plus de peine & de déplaisir de ses importunités, que des maux qu'il lui faisoit endurer. Mais il avoit trouvé de la résistance à ses desseins, il y rencontre à présent de l'impossibilité. La Comtesse ne dissimula plus sa douceur se tourna en une juste indignation, si Golo pense s'acter, elle lui dit des injures, s'il lui tut fait des promesses, elle les méprise; s'il la touche, elle s'écrie. Quelquefois il lui disoit que le moyen de couvrir sa honte c'étoit de lui permettre ce qu'un misérable Cuisinier avoit obtenu de sa facilité. A ces paroles, la Comtesse ne pouvoit non plus commander à sa colere, que satisfaire une vengeance qu'elle lui inspiroit. Traître! perfide! disoit-elle, n'es-tu pas content de m'avoir rendue misérable, sans me vouloir faire adultere? jusqu'ici je ne t'ai regardé que comme un méchant homme, mais maintenant je te regarde comme le plus cruel tyran. Acheve, perfide, acheve tes cruautés. Dieu gardera toujours la chasteté de ses Martyrs, je ne refuse pas d'en être, mais d'attendre que je te permette autre chose que de me tuer, c'est perdre ton tems & tes peines.

Ce malheureux, considérant que sa Maîtresse avoit trop de vertu pour pécher, tâcha de couvrir son crime sous le prétexte du mariage; il fit donc courir le bruit que le Palatin s'étant embarqué sur mer pour son voyage, y avoit fait naufrage. Sur cette nouvelle, il supposa des lettres qu'il fit glisser dans les mains de Genevieve, afin de la disposer à ses recherches par l'assurance de la mort de son mari, mais la sainte Mere de Dieu lui découvrit ses artifices, ce qui anima la Comtesse d'un tel dépit, que l'Intendant ne fit pas plutôt l'ouverture de son mariage, qu'elle le renvoya avec un soufflet: cet artifice ne lui ayant pas réussi, il eut recours à sa nourrice, qui ne fit jamais une plus mauvaise action que de lui donner la mamelle. C'étoit de la fidélité de cette femme dont Golo se servoit pour porter les nécessités à Genevieve. Il la conjure de lui gagner le cœur de la Princesse, par tous les artifices dont elle pourroit s'aviser.

Il espere de pouvoir aisément tromper une femme par les mêmes moyens dont le Diable se servit contre un homme, mais il se trompe; car il trouve que Genevieve est un rocher; si les vents le battent, c'est pour l'affermir; si les flots le frappent, c'est pour le polir: ni menaces, ni cruautés, ni flatteries, ni douceurs, ni violences, ni finesses ne peuvent rien contre une ame si pleine de vertus. Pendant toutes ces ménées le terme des couches de Genevieve arrive. Hélas! pourrai-je dire qu'en cette nécessité où les bêtes ont besoin d'assistance, la femme d'un puissant Palatin fut abandonnée de tout secours? Véritablement il ne faudroit être d'autre matiere que de marbre, pour pouvoir refuser des larmes à une si extrême misere. Voilà donc notre sainte Comtesse dans les douleurs de l'enfantement, voilà son Fils dans ses propres mains. Qui pourroit ouir sans pitié ce qu'elle lui dit, il ne seroit assurément pas plus mal aisé de la voir sans yeux que sans larmes.

Hélas ! mon enfant, que ton innocence me cause de peine, Ah ! que més miseres te causeront de maux.

Craignant que la nécessité de toutes choses & les incomodités du lieu, ne le fissent mourir hors de la grace de Dieu, elle le baptisa hardiment, Genevieve; appellez votre fils Benni-Tristan, il doit porter le nom de sa Marraine, puisque Dieu qui est son Parain n'en a point. Après que ce petit Enfant fut ondoyé, sa Mere l'enveloppa dans une vielle serviette qu'on avoit laissé par mégarde.

Quand la nourrice eut dit à l'Intendant qu'il y avoit alors deux prisonniers dans la prison, & que la Comtesse étoit extremement abbatue de tristesse & de douleur; la pitié qui n'avoit point trouvé d'entrée dans l'ame de ce barbare fit alors son dernier effort pour le toucher de quelques sentimens de compassion.

Enfin, il se relâche jusqu'à lui donner un petit peu plus de pain qu'à l'ordinaire, plutôt pour conserver sa passion ou la faivivre de douleur, que pour lui apporter du soulagement. Une complexion forte & robuste se fut ruinée parmi tant de pauvretés & d'affliction.

Ce ne fut donc pas un petit miracle de voir Genevieve plus belle & plus fraiche, après les douleurs de ses couches, & dans les sentimens de tant d'amertumes, qu'elle ne paroissit parmi l'aise & les délices de la prospérité. On auroit pu croire, après l'avoir vue qu'elle étoit de la nature de cette fleur, qui n'est jamais plus belle & plus vive que lorsqu'on la foule aux pieds.

Notre Intendant étant allé dans son cachot, trouva de nouvelles lumieres, dont il fut ébloui qu'il pensa mourir d'amour mais trouvant notre sainte femme dans la résolution de vivre miserable, & de mourir chaste plutôt que d'acheter des félicités par la perte de son honneur, il résolut de donner le dernier coup a sa mauvaise fortune.

Tout ce procédé étoit encore inconnu à Sifroy : il crut donc qu'il devoit prevenir l'esprit de son Maître, & lui faire savoir le malheur de sa maison. Deux mois s'étoient écoulés depuis les couches de Genevieve, quand il en instruisit un de ses serviteurs pour lui en porter la nouvelle, encore voulut-il faire paroître de la prudence dans sa malice, & à cet effet, il écrivit seulement ces trois mots au Palatin; * Monsieur, si je n'ap
" préhendois de publier une infamie que je veux cacher je

» confierois un grand fecret à ce papier, mais tous vos dome-
» ftiques, & particulierement celui-ci, ayant vu la diligence
» dont j'ai ufé, & les artifices qui ont trompé ma prudence
» je n'ai eu befoin que de leur témoignage pour metre ma
» fidélité hors de foupçon, & mes fervices en eftime. Croyez
» ce qu'il vous dira, & me donnez l'ordre de votre volonté.

Nous avons dit que le Comte étoit au fiége d'Avignon, quand
il reçut les premieres nouvelles de fa femme. Depuis la prife
de cette belle ville, Charles Martel avoit premierement réduit
Narbonne, où Anthime s'étoit renfermé. Le courage & la prudence de ce grand Capitaine fe fit remarquer dans la fanglante
journée de Tours & au fiége de ces deux Villes, néanmoins
fon génie ne parut jamais mieux qu'en la défaite d'Améré, Roi
Sarrafin, qui ayant appris le mauvais fuccès de fa Nation dans
la France, y voulut venir pour n'en fortir jamais ; car il fut tué
avec tous fes gens, fans qu'un feul s'échappât du carnage pour
affurer fa perte.

Ce dernier combat fut auffi avantageux à la gloire de Martel
que le premier, mais il lui coûta plus cher que les autres ; car
outre un affez grand nombre de morts, il y eut quantité de
Seigneurs bleffés, entre lefquels notre Sifroy reçut un coup
qui le retint long-tems dans une ville du Languedoc, où les
mauvaifes nouvelles que l'artifice de Golo avoit faites lui furent apportées. Jamais changement d'acte ne donna tant d'é-
tonnement à un fpectacle, que le difcours de ce Meffager en
mit dans l'efprit du Palatin. Il ne méditoit que de hautes &
cruelles vengeances, de l'admiration il tomboit dans la fureur
& de celle-ci dans la rage. Ah ! maudite femme, difoit-il, falloit-
il fouiller fi honteufement la gloire que j'ai taché d'acquérir dans
les combats ? devois-tu apporter tant d'artifice ? Et bien puifque tu n'a pas fait compte de mon bonheur, je n'épargnerai pas
ton fang ni celui de cet enfant, que tu n'as mis au monde que
pour fervir de bourreau à ton crime Et puis faifant paffer devant
fes yeux la modeftie & l'honnêteté de fa femme, comme s'il
eut été délivré de quelque mauvais efprit, il difoit d'un fens
affis : non, il eft impoffible que Genevieve m'ait fi lâchement
trahi ; j'ai toujours connu fes actions fi pleines de vertus.. fon
amour étoit fi ardent qu'elle n'a pu être fi long-tems diffimulée :
dis-moi, mon cher ami, combien y a-t-il que cette miférable
rable eft accouchée ? Il n'y a qu'un mois reprit le Meffager.
C'eft ici où la malice de Golo avoit travaillé, car pour mettre
la Comteffe dans un violent foupçon de fa pudicité, il fit dire

au Palatin qu'elle étoit accouché dans le dixieme mois après son départ. Cela pouvoit bien être véritable & Genevieve innocente, puisque la Philosophie & l'expérience enseignent que les femmes peuvent porter leur fruit dans le dixieme mois, même qu'il s'en est trouvé qui sont allées jusqu'au quinzieme & dix-septieme mois ; néanmoins, parce que cela est contre l'ordinaire, Sifroy crut facilement qu'il étoit aussi contre l'honnêteté, la jalousie aidant un peu à sa croyance ; car encore que la vertu de Genevieve dut délivrer son esprit de cette maladie sa beauté le jettoit dans quelques ombrages lors même qu'il la possedoit dans le repos de sa Maison. C'est une chose digne d'admiration, de voir que la prudence aide quelque fois à se tromper elle même ; tout ce que le Palatin pouvoit prendre pour des preuves de l'innocence de sa femme, il en faisoit des conjectures à sa confusion, son honnêteté n'étoit plus qu'affectée, sa prudence, qu'artifice, sa dévotion que feintise ; ses vertus des vices déguisés. Il n'est donc pas étonnant s'il consentit à son propre malheur.

Après avoir bien pensé à la vengeance du crime que la seule crédulité avoit fait, il dépêcha le même serviteur vers Golo, avec commandement de tenir sa femme si étroitement enfermée, que personne ne l'abordât, & pour ce malheureux esclave qui étoit en prison, qu'il cherchât dans l'horreur & dans l'énormité de son péché, quelque supplice proportionné à son attentat. L'Intendant reçut ce commandement avec plaisir : pour l'exécuter avec prudence, il fit préparer un morceau à ce pauvre misérable, qui lui ôta bientôt le goût de tous les autres.

Voila le premier acte de notre sanglante Tragédie. Le sang de cette victime innocente ne rassasia pas la rage de Golo, au contraire montant à son excés par les horribles visions de Drogan, qu'il croyoit toujours avoir devant les yeux, & par l'appréhension que Sifroy ne vint à découvrir l'inocence de Genevieve, il crut qu'il étoit tems de songer au moyen de son entiere ruine.

Ayant appris que le Comte devoit bientôt arriver, il alla au devant de lui jusqu'à Strasbourg. Il y avoit assez près de la Ville une vielle Sorciere sœur de la nourice de Golo, dont il crut qu'il pourroit se servir en son dessein. Il va à sa maison & lui dore les mains pour faire voir à Sifroy ce qui n'avoit jamais été : sa partie ainsi dressé, il alla au devant du Palatin, qui le reçut avec des témoigneges de bienveillance ; comme il l'eut tiré à l'écart, il lui demanda l'état déplorable de sa Maison.

Ce fut ce que les larmes & les sanglots de Golo se rendirent complices de sa trahison : à peine prononçoit-il une parole sans un soupir. Enfin, après un long & ennuyeux discours, il lui déclara tout ce que nous avons déjà dit, & que pour ne point faire éclatter la perfidie de Drogan, pour sa peine il l'avoit envoyé à petit bruit dans l'autre monde. Et l'ayant interrogé fort sçavent sur toutes les particularités de son malheur, Golo craignant d'être surpris en ses reponses, lui dit : Monsieur, je ne crois pas que vous doutiez d'une fidélité que je voudrois vous témoigner aux dépens de ma vie ; mais si vous voulez apprendre d'autres preuves de cette mauvaise affaire que de ma bouche, j'ai moyen de vous faire voir comme le tout s'est passé. Il y a près d'ici une femme savante qui vous fera voir ses mauvaises pratiques.

A ces promesses, Sifroi est surpris d'une curiosité qui lui causera beaucoup de regrets ; il le prie de le conduire à sa maison, ce qu'il lui promit. Sur le soir le Comte avec son Confident se dérobe de sa suite, & s'écoule dans le logis de la Sorciere : le Palatin lui met une bonne poignée d'ecus dans la main, & la conjure de lui faire voir ce qui s'étoit passé pendant son absence. La fausse vieille qui vouloit accroître ses désirs par son refus, sent d'y trouver de la difficulté, même de l'en détourner par beaucoup de raisons ; lui represente qu'il pourroit peut-être avoir des choses dont l'ignorance lui seroit plus utile que la connoissance n'en étoit désirable, & qu'un malheur n'est jamais entier quand il est caché. Tout cela ne se disoit que pour donner plus d'envie à Sifroi d'être trompé. Le voyant donc résolu, elle le prit par la main avec Golo, & le mena dans une petite voûte qui étoit sous sa Cave, où rien ne donnoit de la lumiere que deux chandelles de suif vert. Apres avoir marqué deux ronds avec une baguette, & mis Sifroi en l'un & Golo en l'autre, elle jetta un miroir dans un vase plein d'eau, sur lequel la Sorciere marmota certains mots, dont l'horreur faisoit dresser les cheveux. Cela fait, elle tourna trois fois à reculons, approcha du vase, souffla autant de fois dans les mouvements de l'eau arrêtés, fit approcher le Comte, qui s'inclina trois fois, en jettant les yeux sur ce miroir ; La premiere fois, il apperçut sa femme qui parloit au Cuisinier avec un visage riant & un œil plein de douceur. La seconde fois il voyoit Geneviéve qui passoit ses doigts entre ses cheveux, le flatta avec beaucoup de mignardise. Mais la troisième fois, il vit des privautés, qui ne pouvoient s'accorder avec la modestie. Imaginez-vous avec quelle fureur il sortit de ce petit enfer. O quelles paroles ne dit-il point! Que de funestes cruautés n'appella-t-il point à la vengeance de la douleur.

Quand un Eléphant est en furie c'est assez de lui montrer une brebis pour l'adoucir. L'Intendant qui craignoit que la même chose n'arrivât à son Maître crut en éloignant Geneviève lui ôter un objet de douceur de devant les yeux.

Il remontre au Comte qu'il est à craindre que sa juste colere voulant punir le crime de la femme ne le publi t; qu'il jugeoit à propos d'en donner la commission à quelqu'un qui s'en deferoit doucement, pendant qu'il se rendroit à petites journées en sa Maison.

Ce conseil fut recueilli du Palatin avec bien des louanges, & comme il n'avoit personne plus affidé que celui qui en étoit auteur, il lui donna charge de l'exécuter, quoique Golo témoigne du déplaisir en obéissant. L'Intendant de retour à la maison, ne manqua pas de révéler ce mystère à sa nourrice, avec défense de le communiquer à personne. Mais la providence de Dieu ne voulut pas que cette femme fût plus secrette que les autres qui ne savent rien de ce qu'elles célent, qui n'ont de silence que pour les choses qu'elles ignorent: à peine eut-elle appris ce dessein de la bouche de Golo, qu'elle le versa dans l'oreille de sa fille qui pour avoir une méchante Mere, n'étoit pas sans quelques qualités louables, sur-tout sans une tendre compassion des miseres de Geneviève. La Comtesse s'appercevant qu'elle pleuroit, lui demanda le sujet de ses larmes.

Ah! Madame, lui répondit cette fille, c'est fait de votre vie, Golo a reçu le commandement de Monseigneur pour vous faire mourir. Eh bien? ma fille, dit la comtesse, vous & moi avons occasion de nous réjouir, il y a long-tems que je demande cette faveur à Dieu, mais que deviendra mon pauvre Enfant? Madame, il doit mourir avec vous,

A ces paroles, Geneviève demeura immobile; le premier mot que la douleur lui permit de former fut celui-ci. Ah! mon Dieu souffririez-vous que cette créature, qui ne sait pas encore pécher soit affligée, & qu'un Enfant soit coupable parce qu'il est malheureux! en disant ceci elle trempoit ses petites joues de ses larmes, & puis ayant donné à l'amour tous les baisers qu'il demandoit, elle s'adressa ainsi à cette bonne fille: ma mie, je ne sais pas si je te dois supplier d'accorder un dernier service à la plus miserable de toutes les femmes, tu me peux

obliger

obliger avec peu de peine & sans hasard, puisque tout ce que je demande de courtoisie, c'est que tu m'apporte de l'encre & du papier, tu en trouveras dans ce cabinet qui est proche de ma Chambre, tiens, en voici la clef, prends-y tout ce que tu voudras de mes joyaux, pourvu que tu me fasses ce plaisir.

La fille ne manqua pas de faire ce dont elle l'avoit priée, glissant après cela un billet dans le même cabinet, d'où elle avoit pris ce papier : si-tôt que le jour commença à paroître, Golo appella deux serviteurs qu'il connoissoit des plus affidés, & leur commanda de conduire la Mère & l'Enfant dans un bois qui étoit à une demi lieue du château, & de les tuer hors du bois, pour jetter le corps dans la riviere, & pour avoir quelque preuve de leur obeïssance, il voulut qu'ils lui apportassent la langue de cette méchante femme, c'est ainsi qu'il appelloit cette innocente Princesse. Quelle apparance de rien refuser à un barbare, qui a tout pouvoir pour se faire obéir ! On va dans la prison dépouiller la pauvre Dame de ses habits, on lui fait vêtir de vieux haillons, & en ce pitoyable état on la mene au suplice.

J'entends bien, mon cher Lecteur, que tu demande s'il y a une Providence qui veille sur tous les desseins des hommes, a cela je réponds, qu'il n'y a pas plus d'Etoiles au Ciel, que d'yeux ouverts sur toutes leurs actions; que si Dieu semble quelquefois sommeiller au milieu de nos miseres, c'est afin de nous sauver avec plus de merveille, & de plus éclatans témoignages de son amour, retournons à notre pauvre Geneviève que je vois marcher entre deux Satellites portant entre ses bras son petit innocent.

C'est ici où toute l'éloquence des Orateurs seroit muette, si elle entreprenoit d'exprimer l'horreur de ce triste spectacle : Nôtre Princesse que la douleur avoit empêché de parler jusqu'alors, se tournant vers la maison où elle avoit souffert tant de cruauté, dit en soupirant :

Adieu donc, triste séjour de mes peines, adieu, puisque le Ciel veut que je meure, je quitte volontiers un lieu où j'ai enduré tant de cruelles morts, mais puisque les hommes manquent au témoignage de mon innocence, je veux que tout ce qu'il y a de Créatures insensibles dans l'enceinte de tes murailles accusent ma lâcheté, si j'ai manqué à mon devoir, & louent ma vertu si je suis innocente. Adieu pour jamais.

Pendant que Geneviève se plaignoit ainsi, un torrent de larmes mouilloient ses joues & son sein, non pas qu'elle eut regret de laiſſer une ſi miſérable vie que la ſienne, mais parce qu'elle regardoit les moyens de la perdre trop injuſtes pour n'être point pleurée. Et à parler franchement, il faudroit avoir une vertu plus qu'humaine pour demeurer inſenſible à de ſi rudes coups. Quand on perd la vie, on perd une choſe qu'on ne peut pas toujours garder; mais l'honneur étant comme l'eſprit de notre ame, s'il vient une fois à mourir on ne peut que difficilement en eſperer la réſurrection. Nos deux innocentes victimes étant arrivées au lieu où devoit ſe faire le ſacrifice, l'un des Miniſtres de cette barbare exécution hauſſoit déja le couteau pour égorger le petit Enfant, quand la Mere demanda de mourir la premiere pour ne pas mourir deux fois.

Oh! qu'une beauté miſérable a de pouvoir ſur un cœur qui n'eſt pas entiérement de bronze! croiriez-vous que ceux que Golo avoit choiſis pour ôter la vie à la Comteſſe furent ceux qui la lui conſerverent? les dernieres paroles qui lui ſortirent de la bouche, changerent tellement leur volonté par la compaſſion que l'un dit à l'autre; Camarade, pourquoi tremperions-nous nos mains dans un ſi beau ſang que celui de notre Maîtreſſe? Laiſſons vivre celle à qui nous n'avons rien vû faire digne d'une ſi cruelle mort; ſa modeſtie & ſa douceur ſont les preuves de ſon innocence; peut-être un jour viendra qui mettra ſa vertu en évidence, & notre condition en meilleur état.

Il ſeroit mal-aiſé de vous dire qui eut plus de peine à conſentir à ce deſſein, ou ceux qui doivent lui ravir la vie, ou celle qui la devoit perdre; néanmoins les regrets de voir égorger un innocent de cinq mois, fit conſentir Geneviève à être malheureuſe pendant quelque-tems, ſe perſuadant que la néceſſité le feroit mourir avec moins d'horreur que le fer & l'épée: cela ainſi réſolu, les deux ſerviteurs commanderent à Genevieve de s'écarter ſi avant dans la forêt, que Sifroy ne pût jamais en avoir nouvelle. Il étoit facile de ſe cacher dans un bois qui ſembloit n'avoir été fait que pour retirer les Ours & les bêtes farouches: ſon étendue donnoit de l'horreur aux plus hardis quand il la falloit traverſer, & ſon obſcurité étoit la demeure du ſilence; ſi quelque choſe l'interrompoit par fois, ce ne pouvoit être que les hurlemens des Loups, le cris des Huboux, & les gémiſſemens de l'Ofrai. La douleur de la Comteſſe y tint bien ſa partie, après qu'il lui fut permis de vivre parmi les bêtes. Allez hardiment, Geneviéve, allez dans un lieu que vous avez autrefois ardemment déſiré, reconnoiſſez que Dieu ne vous avoit donné de l'inclination à la ſolitude que pour vous en adoucir les incommodités. Comme les Serviteurs retournoient vers le Château, il survint un accident qui les fit repentir de leur pitié, se souvenant que Golo leur avoit commandé de lui apporter la langue de Geneviéve pour assurance de leur fidélité, ils retournèrent sur leurs pas, afin d'exécuter ce que la compassion leur avoit empêché de faire; mais Dieu qui conduisoit cette affaire, permit qu'ils rencontrerent un petit chien qui reçut la faveur de perdre la vie pour sa Maîtresse.

Étant arrivés à la maison, l'Intendant reçut la nouvelle de ce qu'ils devoient avoir fait par son commandement, dont il ressentit une joie fort sensible; aussi-tôt il en donna avis au Palatin en la maison duquel il faisoit sa demeure. Sifroy arrive, on ne parle que de chasses, de débauches & de récréations, afin de divertir toutes les pensées qui lui pourroient rappeller la mémoire de sa femme.

Un jour le Comte étant tombé sur le discours de ses afflictions & miseres, contre l'intention de notre Intendant, il lui raconta que la nuit passée, il avoit songé qu'un Dragon lui ravissoit sa Geneviéve. Vraiment, repartit Golo, qui faisoit tout servir à ses astuces, voilà un songe qui vous dit trop clairement votre malheur; ce Dragon c'est le traître Drogan qui a si lâchement péché contre son devoir.

Vous n'en pouvez plus douter, puisque le songe a seulement transposé une lettre de son abominable nom, pour marquer d'où vous vient ce désastre; & il est certain que plusieurs personnes ont songé la même chose, lorsque l'impudicité de leurs femmes les faisoit adulteres, ou que la violence de quelqu'un le contraignoit à cette lâcheté. Mais, Monsieur, vous devriez étrangher toutes ces noires pensées de votre esprit. Oubliez les cendres de celle qui a voulu brûler d'un feu si sale, qu'il est impossible de s'en souvenir sans honte. Faut-il tant de force pour effacer de votre esprit une ingrate, qui vous a si lâchement éloigné de son cœur? croyez une personne qui fait son repos & ses troubles de vos intérêts, & arrêtez votre esprit à de meilleures pensées que celles qui en empêchent la tranquillité.

Laissons le Comte chercher des divertissemens à sa mauvaise humeur, & allons voir Geneviéve dans l'épaisseur du bois où nous l'avons laissée.

Aussi-tôt que les Serviteurs l'eurent abandonnée, ses premiers pas la porterent sur le bord de la rivere qui passoit auprès du Château.

Ce fut-là qu'elle prit la bague que Sifroi lui avoit mise au doigt quand il partit pour la France, la jetta dans le courant des flots, protestant qu'elle ne vouloit point porter la marque d'une vertu qui lui avoit causé tant de malheurs. Et puis rentrant dans la forêt elle chercha quelque retraite pour se défendre de la rage des bêtes & pour mourir à couvert.

Comme elle faisoit cette recherche, & que même les créatures insensibles avoient horreur de la secourir: elle entendit une voix qui sortoit du milieu de cette forêt, & qui lui disoit *Genevi ve, ne crains r en, j'aurai so n de toi & de ton fils.* Sur l'assurance de cette promesse, elle pénétra plus avant dans la forêt, sans appercevoir autre chose qui pu lui promettre de la consolation.

Deux jours s'écoulerent dans cette extrémité, sans que rien au monde ne consolât sa douleur; que la liberté de se plaindre. Si ses propres souffrances lui étoient aussi sensibles, celles de son enfant lui étoient insupportables, & assurément je ne sais point de patience qui ai pu supporter tant de maux & le taire. Le jour ne sembloit luire que pour lui montrer l'horeur du lieu ou elle étoit, la nuit remplissoit son esprit d'omrbres aussi bien que ses yeux de ténébres.

Rien ne se présentoit a son imagination qui ne fut plein d'effroi & de terreur? le souffle d'un zéphir, le mouvement d'une feuille lui formoient des monstres plus terribles que ceux de la Libie. Le soin de son Benoni augmentoit de beaucoup ses craintes, considérant qu'il avait déja couché deux nuits au pied d'un arbre, n'ayans que l'herbe pour lit & un peu de ramée pour défense. Tous les accidens qui auroient pu lui arriver se présentoient à sa pensée, pour y produire les mêmes effets que sa douleur y pouvoit faire, ce qui toucha plus sensiblement son ame, ce fut d'entendre le troisieme jour des gémissemens de cette petite créature, qui demandoit le secours des mamelles; mais hélas! elles étoient séches, tout ce qu'elle en pouvoit tirer n'eroit qu'un peu de sang corrompu, ce fut pour lors qu'elle permit ainsi à sa douleur de dire.

Mon Dieu & mon Sauveur, pouvez-vous souffrir que cet Innocent meurt faute d'avoir une goute d'eau, pendant que les auteurs de la misere regorgent de bien. Où est cette Providence qui vous fait prendre soin des Corbeaux & des Vers? Si votre parole ne vous trompe, vous lui devez la même faveur que vous faites à ces animaux, puisque sa naissance n'est pas moins considérable, ni sa condition moindre que la leur. Regardez, pitoyable Sauveur, regardez cette Enfant, son pere

ne l'a pas mieux reconnu que le Corbeau ses petits, regardez
la traîner sur la poussiere, & prenez compassion de ses maux
pour les finir ou pour les soulager; permettez-vous que l'on
dise que le soin général de votre Providence ait excepté ce misérable de la régle infaillible de vos miséricordes? permettez-
vous que les innocens péississent de faim; tandis que vos ennemis
abusent de vos bienfaits & irritent votre justice! c'est presque
mal faire que de faire du bien aux méchans, & haïr la vertu, que
de la voir persécuter sans pitié; mais où m'emporte ma douleur?
Pardonnez, mon Sauveur, pardonnez ce blasphême à mon impatience; c'est assez que vous vouliez une chose pour la rendre
juste, puisqu'il faut que je meure, je le veux.

En disant ceci, elle reposa son Fils à terre, retirant ses
yeux de ce sujet de tant de miseres; mais comme elle eut marché quelque pas dans le bois, le doux murmure d'un ruisseau
l'assura qu'il y avoit une fontaine assez près de là, ce qui l'o-
bligea de reprendre son Fils pour le cacher, l'ayant trouvée,
elle rafraîchit la bouche de cet Enfant, elle retint son ame
toute prête de quitter son corps faute de nourriture.

Voilà un des effets de la Providence de Dieu, il falloit encore une retraite à ces pauvres bannis: Genevieve en trouva
une très belle assez près de la fontaine, c'étoit un antre qui
étoit couvert d'un buisson fort épais, où la Mere & le Fils
marquerent leur logis pour sept ans, encore étoit-il nécessai-
d'avoir quelque nourriture.

Oh! bonté du Ciel, que vous êtes douce & que vos soins
sont généreux! pendant que notre pauvre Princesse occupoit
son esprit de cette pensée, elle entendit un bruit comme si
quelque Cavalier eut brossé au travers des halliers, & elle vit
paroître une Biche qui, sans s'effrayer s'approchoit d'elle;
son étonnement s'accrut bien davantage, quand elle vit que
cette bête regardoit l'Enfant avec compassion, & que se joignant
à la Mere elle la flattoit comme si elle eut voulu dire, que
Dieu l'avoit envoyé là pour être sa nourrice. En effet, ayant
apperçu que son pey étoit plein de lait, elle prit son Fils, &
caresse la bête de la main, elle le fit têter.

Ah! qu'il faut peu pour gagner un bon cœur, croyez-vous
que Genevieve reçut ce bienfait avec des ressentimens de joie
qui essuierent toutes ses tristesses? Le contentement de cette
premiere faveur s'augmenta beaucoup, lorsqu'elle reconnut par
expérience que la Biche venoit deux fois le jour sans recevoir
aucuns salaires de ses bons offices, que quelques poignées d'her-

bes & les careſſes de la Comteſſe. Je pourrois dire que parfois
elle lui parloit comme ſi elle avoit été doué de la raiſon, en
lui donnant des témoignages d'amitié, comme ſi elle en
eût été capable.

Quelqu'un ſera bien-aiſe de ſavoir pourquoi Dieu s'eſt ordinairement ſervi de Biche pour nourrir ſes ſerviteurs dans les
deſerts, cette curioſité eſt louable, il me plait bien d'y ſatis-
faire, une médiocre lecture peut avoir fait cette remarque;
nous n'aurions point d'autre exemple que celle de S. Gilles,
notre queſtion auroit aſſez de fondement. Il eſt certain que
Dieu peut tirer nottre nourriture de tout ce qui lui plît, &
que celui qui a créé quatre élémens à cet effet, ſe peut ſervir
de la moindre de leurs parties pour nous fournir des délices:
c'eſt lui qui a fait ſucer le miel des Pierres, c'eſt lui qui nourrit rout le peuple d'iſraël de roſée, c'eſt lui qui fait ſuivre trois
Enfans dans les flammes, comme autant de Salamandres, c'eſt
lui qui envoyoit tous les jours un Corbeau au grand Pere du
déſert, Saint Paul.

C'eſt lui qui peut tirer notre vie de la mort même & la
nourriture du poiſon qui eſt la ruine la plus certaine. Toutefois ſa conduite eſt douce & ne tient rien à la violence, c'eſt
pourquoi il s'accomode au pouvoir des cauſes ſeconde & on
ſuit les inclinations.

Ceux qui ont écrit les ſecrets de la nature, diſent que la
Biche ne faonneroit jamais ſi le Ciel ne ſervoit de ſage-femme
à la naiſſance de ſon fruit par un puiſſant coup de tonnere; d'où
nous tirons deux ou trois belles connoiſſances. La premiere,
que ce n'eſt point de merveilles que les Cerfs ſoient timides
au-delà de tout ce qu'il y a d'animaux, puiſque c'eſt la crainte
ſeule qui les met au monde. La ſeconde eſt la queſtion que
nous propoſons, comme a bien remarqué un grand perſonnage.

La difficulté que la Biche a de produire ſon fruit ne vient
que de ſa grandeur: d'où il arrive que le Faon ayant ſuivi ſa
mere fort peu de tems, s'en écarte pour aller aux viandes, laiſ-
ſant les douceurs de la mamelle pour celles de la liberté.

La Biche ayant abondance de lait, cherche à s'en décharger
juſques-là qu'on aſſure que ſouvent elle ſe fait tirer aux animaux d'une autre eſpéce pour ſe ſoulager; Un Dieu qui lui a
donné une inclination pour ſon intétêt, s'en ſert quelquefois
pour notre néceſſité, la pouſſant par un ſecret inſtinct de nous
être prodigue d'un bien qui lui ſeroit dommageable.

Ce fut la ſeule aſſiſtance que notre petit Innocent tira des créatures l'espace de sept ans, pour la comtesse, la terre lui fourniffoit des herbes & des racines ; celui qui confidere que Geneviéve étoit une Princesse élevée parmi les délices d'une Cour, n'aura pas de peine à s'imaginer ses ennuis. N'étoit-ce pas un spectacle digne de compassion de voir la femme d'un Palatin dans le défaut de toutes choses ? Son Palais changé en une affreuse solitude ; sa chambre en une grotte effroyable, les courtisans en bêtes farouches, sa musique en hurlemens des loups, ses viandes délicates en racines très-amères, son repos en inquiétudes & joie en larmes. A dire vrai, il lui eût fallu n'être pas de chair pour être insensible à tant de malheurs, & quand la vertu l'eût pu changer jusques-là, encore sa constance eut-elle trouvé des larmes parmi tant de maux, puisque les rochers mêmes ne sembloient suer que de ses souffrances; Oh! qui eût pu entendre les plaintes qu'elle faisoit aux échos de ce bois. On eût dit que tous les arbres s'en plaignoient, que les vents en grondoient de dépit, & que tous les oiseaux avoient oublié leur ramage pour apprendre à gémir de sa misere.

Si les maux de la pauvre comtesse touchoient fensiblement son cœur, on ne sauroit comprendre quels tourmens ceux de son fils lui causoient, particulièrement lorsque sa langue vint à se délier, aux premieres plaintes de sa douleur & que ce petit innocent commença de sentir qu'il étoit malheureux.

Cette pitoyable Mere le serroit contre son sein pour échauffer ses petits membres tous glacés, & puis comme elle ressentoit les tressaillemens de Benoni, la pitié pressoit si fortement son cœur de douleur, qu'elle en tiroit mille sanglots, de ses yeux des larmes infinies. Ah! mon pauvre fils, disoit cette pauvre Mere affligée, mon cher Enfant, que tu commence de bonne heure d'être misérable! à voir l'Enfant on eut dit qu'il avoit l'usage de raison ; car à ces tristes paroles, il poussoit un cri perçant, que le cœur de Genevi've en demeuroit sensiblemen blessé. On ne pourroit dire combien la douleur & le froid la firent pâmer de fois.

Mon cher Lecteur, je te conjure avant que de poursuivre les miseres de notre déplorable Princesse, de jetter un peu les yeux par le monde pour en remarquer la diversité.

Tu verras un nombre infini de femmes beaucoup moindres en innocence & en qualité, qui éclattent dans l'or & dans la soie pendant que Geneviéve est transie de froid & couverte de nudité. Tu y verras le vice honoré, la vertu méprisée, l'impureté en crédit, la flatterie louée, la vérité blâmée ; tandi qu'une pauvre Dame souffre au coin d'un bois pour avoir voulu être innocente, & garder la foi à une personne à qui le ciel l'avoit engagée ; Oh! Dieu, il est bien vrai que votre Providence marche dans des abîmes qu'il n'appartient pas à notre esprit de sonder, & que vos conseils sont des précipes à tous ceux qui en veulent chercher la profondeur ; n'allons pas autre part pour remarquer cette vérité, que dans la Maison de Sifroi, aussi-bien y a-t-il deux ans que nous en sommes sortis. Pendant que Geneviéve pleure, éloignons-nous un peu de la misére, & rentrons dans le château de son mari ; nous verrons qu'il n'y a pas une Servante qui ne soit contente, pas un Laquais qui ne soit à ses plaisirs : l'hyver a ses passe-tems, la chasse, les visites, les jeux & les festins bannissent la tristesse de cette Maison : Golo ajoûta tout ce qu'il pouvoit d'artifice à la médecine du tems, afin de guérir l'esprit de son Maître : il est vrai qu'il ne put entierement ôter l'image des vertus de Geneviéve de l'ame de Sifroi, sa modestie, son honnêteté, sa piété, sa constance, son adresse, sa prudence & son amour étoient autant d'agréables fantômes, qui lui reprochoient sans cesse sa crédulité, ce pauvre homme croyoit avoir sans cesse son ombre à ses côtés, & quoique son mauvais Intendant fut éloigner subtilement ses pensées pleines d'inquiètudes, néanmoins elles faisoient toujours impression sur son esprit.

Voici un accident qui ruina presque toute la fortune de Golo & qui décourit les replis de sa malice : Trois ans après le retour du Comte, trois siécles de misere de son Epouse, comme un jour Sifroi manioit de certains papiers dans son cabinet, il tomba sur le Billet que la Contesse y avoit fait glisser. Qui pourroit décrire les regrets & les tristesses que ce morceau de papier lui causa! sa bouche proféra mille maledictions contre Golo, ses larmes arrosoient ce Billet, il frappoit son estomac, il tiroit sa barbe & ses cheveux, Tout ce que la douleur peut commander à un homme, c'est ce que le Palatin faisoit, & assurément il eut fallu avoir l'ame d'un Tigre pour pouvoir lire cette lettre sans regrets, l'innocence l'avoit conçue, & la douleur l'avoit dictée : Voici ce qu'elle portoit.

» Adieu, Sifroi, je m'en vais mourir puisque vous le com-
» mandez. Je n'ai jamais rien trouvé d'impossible dans mon
» obéissance, quoique je trouve quelqu'injustice dans votre
» commandement ; je veux croire néanmoins que vous ne contri-
» buez en rien à ma perte que le consentement que vous y
» apportez : aussi puis-je vous protester que tout le sujet que

» j'en ai donné, c'est la seule résistance que j'ai faite pour de-
» meurer toute entiere à celui qui ne devoit partager avec
» personne. Je passe volontiers d'une misérable vie à un état
» qui n peut être pire, sur la confiance que j'ai que mon
» innocence pourra être un jour reconnue. Tout le regret
» que j'ai, c'est d'avoir mis au monde un enfant qui doit être
» la victime de la cruauté, & l'innocente cause de mon mal-
» heur. Toutefois je ne veux pas que ce ressentiment m'em-
» pêche de vous souhaiter une parfaite félicité, & à celui qui
» est l'auteur de mon désastre une meilleure fortune que celle
» qu'il me procure. Adieu, c'est votre infortunée, mais in-
» nocente Genevieve ».

L'Intendant qui étoit aux écoutes, jugea qu'il falloit laisser
appaiser cet orage, que la prudence devoit l'éloigner pour un
tems de Sifroy, & quand il crut que sa colere étoit mo-
dérée, il vit le Comte qui ne manqua pas de lui faire de grands
reproches sur les mauvais jugemens dans lesquels sa malice
l'avoit précipité ; mais Golo ne manqua pas d'artifices pour
tromper son Maître, & pour lui tirer son épine du cœur.

Quoi! Monsieur, disoit ce perfide, vous repentez-vous d'a-
voir ôté la vie à celle qui vous ôte l'honneur, ou bien doutez-
vous de l'avoir fait justement? si cela est, votre déplaisir est
raisonnable ; mais quel sujet avez-vous de le croire ? vos yeux
ne sont-ils pas temoins de votre malheur ? vos Domestiques
savent trop combien votre action est équitable pour la trouver
mauvaise. Toute la police humaine permet tout ce que vous
avez-fait ; voulez-vous être plus sage que les Loix, & condamner ce que la raison approuve ? peut-être que cette lettre
vous a persuadé son innocence ; mais vraiement, voilà une
plaisante justification ; & où trouvera-t-on des crimes si on en
est quite pour les pleur ? qui sera coupable si c'est assez de dire
qu'on est innocent ; quelque méchante que soit une femme
si on la veut louer, elle est toujours sans péché. Plût à Dieu !
Monsieur, que celle qui avoit l'honneur de vous appartenir eût
eu moins de malice, ou plus de prudence de feindre, afin de
nous donner quelque sujet de bien expliquer sa fidélité : j'eusse
été le premier à croire les preuves de son innocence comme
j'ai été le dernier à croire les soupçons de son infamie : mais
puisqu'à la perte de son honneur, elle ajoute le mépris de ne
craindre personne, vous devez être content d'avoir vengé les
intérêts publics de la vertu en châtiant une offence particuliere.

Ces discours accompagnés d'une feinte affection, glissoient

doucement une insensibilité dans l'esprit du Palatin , en sorte que tous ses remords n'étoient que des oiseaux passagers, qui donnoient un coup de bec à la dérobée, & puis se retiroient par les charmes de sortileges , dont il étoit assez bon Maître.

Pendant que je m'amuse dans le Palais de Sifroy ; nous laissons notre pauvre innocente criminelle en la compagnie de sa Biche & de son Benoni, retournons s'il vous plaît en sa grotte. Je vous avertit pourtant qu'il ne faut pas considérer ce désert comme la retraite des Serpens ou le repaire des Ours ; mais plutôt comme une école de vertu, une lice de pénitence & un exemple de sainteté.

Après que la Comtésse eut souffert dans cette rigoureuse solitude trois années d'hyver toutes entieres, puisque le Soleil n'y fait jamais d'été, les maux se rendirent si familliers qu'elle n'en avoit plus d'horreur, & sa patience se perfectionna jusqu'à ce point de regarder les souffrances comme des délices ; l'habitude rend toutes choses faciles & semble au commencement plein d'effroi , s'apprivoise à la fin.

Le poison tue & cependant on a vu un grand Roi qui s'en nourrissoit. Ne vous semble-t'il pas que notre Genevieve dût mourir d'impatience par ses regrets & se noyer dans les larmes & voila que tous les jours les recueillant dans ses mains elle les offroit à Dieu en sacrifice si agréable à la divine bonté, qu'il la récompensoit de soupirs glacés , comme si elle brûloit pour lui, tout l'encens de l'Arabie. La premiere faveur qu'elle reçut du Ciel, après trois année de Noviciat, fut un jour qu'elle étoit à genoux au millieu de la petite cabanne, ses yeux tournés au Ciel, dont l'admiration servoit de sujet ordinaire à ses pensées ; comme son esprit se perdoit, heureusement dans les immensités de ses beaux ouvrages , elle apperçut un jeune homme étincellant de lumiere, qui fendoit l'air pour se rendre à son antre, Si Genevieve eut été idolâtre, elle eut pu croire que c'étoit la Lune qui descendoit dans ce bois pour en être la Diane, ou plutôt le Soleil qui s'étoit détaché du Ciel pour visiter un lieu qui n'avoit jamais été éclairé , son esprit avoit trop de lumiere pour tomber dans une si lourde erreur, elle prit plutôt cette beauté pour une des intelligences du Ciel, que pour un de ses astres, quoiqu'il fut entourré de rayons, en quoi la croyance ne la trompa point, car c'étoit son Ange-Gardien, qui venoit de la part de Dieu dans cette Caverne.

Ce n'est pas une chose aisée que de dépeindre un esprit, puisqu'il n'a rien surquoi nos sens peuvent s'arrêter ; néanmoins

comme on peut marquer le Soleil avec un crayon, aussi pou-
vons-nous prendre les Anges sous des formes extérieures qui
nous les rendent visibles; celui duquel nous parlons avoit un
visage où la beauté & la modestie paroissoient avec une Majesté
divine & respectable, qu'il eût pu se faire adorer à une personne qui ne l'eût pas connu pour un serviteur de Dieu. Outre
les rayons qui se répandoient à l'entour de lui, son corps étoit
couvert d'un crêpe bleu, couleur qui marquoit le lieu d'où il
venoit: il tenoit en la main droite une précieuse Croix, dans
laquelle le Sauveur du monde étoit si naïvement représenté,
d'un ivoire si reluisant, qu'il étoit facile à voir que les hommes
n'avoient pas travaillé à cet ouvrage; ses cheveux panchoient
nonchalament sur les épaules que certaines goutes marquoient
comme de sang; ses yeux sembloient nager dans la mort, & sa
bouche se plaindre dans l'excés de son Martyre: ses membres
étoient si délicatement polis, qu'on voyoit toutes les veines
& les nerfs de son corps s'élever a fleur de la peau

Quand notre Comtesse fut revenue de l'admiration de tant
de merveilles: l'Ange lui presentant une Croix, lui dit: Genevieve, je suis ici de la part de Dieu pour vous apporter cette
Croix, qui doit désormais servir d'objet à toutes vos pensées &
de remédes à tous vos maux: si l'amertume des souffrances vous
semble insupportable, mêlez de sang parmi, & vous trouverez de la douleur dans vos plaisirs si quelque pensée de désef-
poir attaque votre esprit, retirez-vous dans ses plaies, où toutes les colombes du Ciel ont leur refuge & je vous y promets
du repos; en un mot, Genevieve, c'est ici le bûcher qui fera
tomber tous les coups de l'adversité à vos pieds; c'est la clef qui
ouvrira le Ciel a votre patience; recevez cette faveur avec la
connoissance qu'elle mérite. Comme Genevieve se fut inclinée,
elle reçut la Croix pour y graver toutes ses victoires, à l'e-
xemple d'un grand Capitaine, de qui les grandes victoires ne furent reconnues que par Justinien, que d'aveuglement. Voici
un prodige tout miraculeux: ce Crucifix suivoit notre Penitente
par tout; si quelque nécessité l'appelloit dehors; il l'accom-
pagnoit: si elle cherchoit des racines pour se nourrir, c'étoit
en sa compagnie; étant dans sa pauvre retraite, jamais il ne
s'écartoit de ses côtés.

Ce miracle dura quelque mois, jusqu'à ce qu'il s'arrêta en
un coin de la Grotte, où il y avoit un petit Autel, que la nature avoit taillé dans la roche, & que notre sainte paroît de
fleurs & de ramées. Aussi-tôt que le déplaisir assailloit son cœur

le Sauveur lui tendoit les bras & lui ouvroit son sein, afin d'y
verser tous ses ressentimens. Il est aisé de découvrir ses pensées
à celui qui ne les pouvoit ignorer, & de mettre toutes ses
tristesses aux pieds de celui qui en peut être le medécin.

C'est une erreur de chercher une indolence dans la vertu,
ceux qui l'ont voulu enseigner de paroles, l'ont démenti par
leurs actions : la patience des payens n'est pas seulement venue
jusqu'à ce point de regarder le mal sans pâlir, tant s'en faut
qu'ils l'ayent pu supporter sans regret. La vertu des chrétiens
va plus avant que toute la théologie des payens; sa douceur néanmoins n'impose point de si fâcheuses loix que l'insensibilité.

Un grand homme dans qui l'esprit n'étoit que patience, comme son corps n'étoit que douleur, permettoit pourtant à sa langue de plaindre ses miseres, & de dire que ses membres n'é-
toient pas de bronze? Dieu, même à la mort voulut que ses
plaintes fussent une preuve de ce qu'il étoit, de peur que l'o-
pinion de son immensité n'ôtât la croyance de la moindre des
natures, imitions son exemple en sa soumission aussi-bien qu'en
ses plaintes, nos larmes & nos soupirs n'empêcheront pas notre patience d'être une vertu.

O que Genevieve se conformoit parfaitement à leur exemple,
sa constance étoit un marbre invisible, mais ce marbre rendoit
des larmes & témoignoit par ses soupirs, que ce n'étoit pas
une statue qui souffroit, elle accordoit ses plaintes & si douleur : mais jamais la douleur ne donnoit rien à l'impatience,
n'acculant pas autrement les maux qu'un luth qu'on touche
doucement, parce que ses soupirs sont agréables.

Un jour que l'image de toutes ses miseres se présentoit à son
esprit, faisant de ses yeux une source de larmes, elle se jetta
au pied de la Croix & dit amoureusement : Jusqu'à quand, ô
mon Dieu, jusqu'à quand souffrirez-vous que la vertu soit si
cruellement traité? n'est-ce pas assez de cinq années de miseres
pour être content de ma patience? quand j'aurois renversé vos
Autels & brûlé vos Temples, mes larmes devroient avoir éteint
votre colere, si ce n'est que mes soupirs l'allument davantage :
je me faisois accroire que mes tristesses ne dureroient pas plus
long-tems que mes joies, & que la fin de m'affliger seroit celles de ne pouvoir plus souffrir.

Je vois bien maintenant que vous ne m'avez donné autrefois
que ce qu'il faut de délices pour vous louer avec plus de plaisirs
de mes amertumes & les rendre plus aigues par le souvenir
de ma prospérité : n'est-il pas tems de faire paroître que vous

êtes le Protecteur de l'innocence aussi-bien que le Vengeur des crimes.

Il y a déja cinq ans que j'endure un martyre qui ne laisse pas d'être extremement cruel, pour être infiniment long : rien au monde n'a consolé ma douleur; toutes les créatures semblent être aux gages de mes ennemis, afin d'augmenter mes afflictions.

Un bon discours peut charmer un ennui; & voila que j'ai presque oublié l'usage de parler pour être séparée de toute autre conversation que de celle des animaux : la nuit cache de ses ombres la moitié de mes maux, & le sommeil n'ose approcher de mes yeux, crainte de s'y noyer, ou dumoins d'y rencontrer des inquiétudes, il semble que ma misere soit contagieuse tant on redoute de s'en approcher, si la faim, le froid, la nudité font la moindre partie de mes maux, l'infortune du petit Innocent m'est plus insupportable que tout cela. Ah! Seigneur, si vous vouliez affliger la mere pour quelque faute qui vous soit connue, que ne preniez-vous sous votre protection cet enfant, puisque vous savez qu'il est aussi peu coupable de mon péché, qu'incapable d'en supporter la peine? Pardonnez mon Dieu, si la douleur m'arrache des plaintes de la bouche : j'ai cru puisque j'ignorois la cause de tant de maux, que je pouvois en chercher le soulagement auprès de cet e miséricorde qui ne rebute personne. En prononçant ces tristes paroles, elle baignoit son Crucifix du torrent de ses pleurs, qui parloient bien plus que sa langue. Et Benoni mêlant ses larmes avec celles de sa Mere; poussoit des gémissemens si pitoyables que les rochers n'étoient pas assez dur spour n'en être pas touchés.

Enfin, notre pauvre princesse continuant ses regrets & embrassant la Croix, disoit: mon Dieu, que vous ai-je fait pour me traiter avec tant de rigueur? Miracle! pendant que Genevieve parloit, elle entendit la voix de notre bon Sauveur qui lui repartit. Eh! quoi donc, ma fille, quel sujet as-tu de te plaindre? Tu demande quel crime t'as mis ici : dis moi, quel péché m'a attaché à la Croix, es-tu plus innocente que moi? ou tes maux sont-ils plus grands que les miens.

Tu es sans crime, moi suis-je coupable, tu n'as jamais pensé à l'infamie dont on t'a noirci ta réputation; suis-je séducteur, magicien comme on me l'a reproché? tu ne reçois aucune consolation des créatures, n'est-ce pas assez de celle du créateur.

Personne n'a eu compassion de tes maux: qui en a eu des miens? les choses même insensibles ont eu horreur de ton affliction; le soleil ne refusa-t-il pas même de regarder la mienne;

ton fils augmente tes regrets : crois-tu que ma Mere ait amoindri mes tourmens ? Console-toi, ma fille & me laisse le soin de tes affaires ; pense quelquefois que celui qui a fait tous les biens du monde en a souffert tous les maux ; si tu compares ton calice au mien, tu le boiras avec plaisir, & me remercieras de la faveur que je te fais de vivre dans les douleurs pour mourir dans la joie d'une vie chargée de mérites de la patience.

Ce seroit une chose superflue de vous dire la confusion que ce petit reproche mit dans l'esprit de notre Sainte ; mais je crois qu'il seroit fort utile de vous dire que ce discours lui donna tant de courage & de résolution, que toutes les épines ne lui sembloient plus que des roses ; les amertunes que des douceurs, les peines & tourmens que d'agréables délices ; aussi étoit-ce le dessein de Dieu de l'animer à la patience, & non pas de la pousser au désespoir par ce reproche. Depuis ce tems-là, Geneviéve ne demandoit que des douleurs à Dieu, & Dieu ne donnoit plus que des douceurs à Geneviéve, pour témoigner que sa venue ne lui étoit pas inconnue & que son innocence étoit bien proche de celle que possédoit le premier homme dans les delices du Paradis, Dieu lui soumit entiérement la rage des bêtes farouches & la liberté des oiseaux ; c'étoit une chose ordinaire dès son entrée dans la Forét, que la Biche venoit allaiter l'Enfant & se coucher toutes les nuits dans la Caverne avec la Mere & le Fils, afin d'échauffer leurs membres glacés ; mais depuis cette premiere faveur, les Renards, les Chevres & les Louveteaux venoient jouer avec le petit Benoni ; les oiseaux se battoient à qui se laisseroit prendre les premiers, la Caverne de Geneviéve étoit un lieu où les Sangliers n'avoient point de rage, & les Cerfs point de crainte ; au contraire, on eût dit que notre Comtesse avoit changé leur nature par la compassion de ses maux, & donné quelque sentiment de raison aux bêtes pour reconnoître ses nécessités.

Un jour vêtant un vieux haillon à son Fils en la présence d'un Loup, cet animal partit aussi-tôt de l'autre & alla égorger une Brebis, dont il apporta la peau à Geneviéve, comme s'il eût eu le jugement de discerner ce qui étoit propre à échauffer le corps de son Enfant ; la Sainte reçut ce présent après l'avoir vivement repris de ce qu'il faisoit du mal à un autre pour lui faire du bien. Ne direz-vous pas, mon cher Lecteur, que la Cour de Sifroy étoit pleine de Loups & de bêtes féroces, & la Grotte de Geneviéve de courtisans bien appris ? Toute la différence qu'il y a, c'est que dans celle-là les hommes ont des cru-

autés des Loups garoux, & ici les bêtes ont des courtoisies &
des civilités toute humaines. Comparez la félicité de l'un à celle de l'autre, vous y trouverez la même différence qu'il y a entre
le plaisir des Anges & celui des Démons. Il est vrai que la terre n'y produit aucun de ses contentemens ; mais le Ciel y pense assez, faisant découler milles bénédictions de cette sainte
Caverne. La nature contribue au bonheur de ce desert ; la
grace en rend même les animaux ministre

J'ai tant à chose à dire sur ce sujet que la crainte d'ennuyer
quelqu'un empêche la volonté de dire toutes. Je passe sous
silence ces félicités dont je ne saurois produire d'images plus
parfaite que celle de ce jardin où se perdit l'innocence de celle
que Dieu avoit fait un peu moindre que l'Ange. Seulement je
puis dire que Genevieve trouvoit dans l'obéïssance des bêtes
tous les services qu'elle eût dû espérer dans la maison de son
mari: voici un trait que je ne saurois passer, tant il est plein d'ins-
truction. Il y avoit auprès de cette retraite une belle fontaine
qui fournissoit plus de la moitié de la vie de nos deux Solitaires.
Je ne sais pas si la Comtesse ne s'étoit jamais miré dans le cris-
tal de ses flots. Comme elle y eut une fois baissé les yeux ou
par hasard, après avoir apperçu les rides de son visage, elle
eut de la peine à se reconnoître, le souvenir de ce qu'elle avoit
été, lui ôtant la croyance de ce qu'elle paroissoit est-ce-là
Genevieve ? disoit-elle ; non sans doute, c'est quelqu'autre
que moi ; Quoi ! seroit-il bien possible que ces yeux languissans
& abbatus eussent autrefois causé tant de flammes ! ce front oc-
cupé de rides & qui ressemble à une rude écorce, me dit que
ce n'est pas celui qui faisoit honte à l'ivoire ; ces joues effacées
n'ont rien de pareil à celle qui sont faites de lys ; où m'emporte mon erreur ? Hélas ! je sens trop bien que les maux que
j'ai soufferts n'ont point d'autre objet que la déplorable Genevieve.

O cruelles douleurs ! il faut avouer que vous êtes bien barbare, puisque vous ayez fait de moi une si étrange métamor-
phose. Répondez-moi, impitoyables maux, où avez-vous mis la
neige de mon teint ? peut-être que vous l'avez fondue pour la
dissiper en larmes ; mais ayant déjà tant pleuré, devrois-je encore avoir des maux à plaindre ? Ah ! Genevieve ! pauvre Genevieve ! tu n'est plus l'image de ce que tu as été, mais une
vaine ombre de toi-même. Ah ! pauvre Genevieve ! pauvre Genevieve ! Tandis que la Comtesse se plaignoit ainsi, & qu'elle tâchoit de se reconnoître dans les flots, elle y vit une

Divinité, toute semblables a ces Nymphe, qui selon les fictions des Poëtes, habitent dans les eaux. Son esprit fut si ravi de l'admiration de tant de Majesté, que son desir la portoit à se jetter aux pieds de cette Déesse, comme a l'hôtel de la miséricorde, où les afflictions pourroient se changer en félicités, mais le respect tenoient son desir. Flottant ainsi entre la crainte & la confiance, elle entendit une voix à côté, bien qu'elle la crut sortir de cette bouche qui paroissoit dans l'eau ; elle se tonrna & vit la Reine des Anges sa protectrice. qui lui dit : Vraiement, ma fille, vous avez bonne grace de vous plaindre d'une perte qui est extrêmement desirable étant avantageuse ; vous n'êtes plus belle, ah ! Genevieve, si vous ne l'eussiez jamais été, vous seriez encore heureuse : c'est la seule qualité qui vous à rendue criminelle, quand cela ne seroit pas, devez-vous plaindre la perte d'un bien que vous ne devez pas desirer. Vous avez perdue une chose qui a perverti a moitié du monde, planté l'idolâtrie & poussé les hommes dans la liberté de tous les vices : Ah ! si vous saviez combien votre noirceur vous rend agréable à mon fils, vous auriez honte d'avoir été d'autre couleurs ; revenez, ma fille, & ne vous plaignez plus de vos miseres, puisque c'est de ces épines que vous pouvez composer la Couronne de votre gloire & vos félicités éternelles. Après que la Reine du Ciel eût achevé sa remontrance, une nuée plus claire & luisante que l'argent la déroba aux yeux de la Sainte, qui demeura pleine de joie & de consolation pour avoir vû celle qui fera en partie la béatitude de vos sens dans le Ciel, & de confusion pour avoir fait cas de sa beauté passée ; néanmoins cette visite la remplit de courage & d'une nouvelle résolution à la patience ; disant fort souvent a Dieu Eh bien ! mon aimable Epoux, vous voulez que Genevieve souffre jusqu'au bout, j'en suis contente, je pretends demeurer aussi fidelle a vos divines volontés dans l'excés de ma douleur, que dans la prosperité de ma bonne fortune. Vous m'avez voulu apprendre qu'il n'y a rien à aimer au monde que votre bonté ; je ne chéris donc que vous, mon Dieu, rendant des graces infinies à votre conduite, de m'avoir fait paroître toutes les Créatures plus ameres que le fiel pour me faire rejetter leur amour, & me ranger sous le votre, Hélas ! ou serois-tu mon pauvre cœur, si Dieu ne t'eus empêché d'obéir à tes propres inclinations ! sans doute la vanité te posséderois maintenant ; ô mon Dieu ! j'ai un juste sujet de vous remercier de m'avoir fait tant de bien par la perte de si peu de chose.

Que

Que pouvois-je espérer dans la maison de mon Mari? sinon un esclave volontaire, une honnête servitude, des chaînes qui, pour être dorée ne laissent pas que d'être fâcheuse & insupportables. Et quoi? quel contentement devrois-je attendre de voir dans un Palais des choses en peintures, que la nature me présente ici en leur naïve & naturelle beauté? Ne vois-je pas le Ciel à découvert avec tous les Astres, qui sont autant d'yeux ouverts, pour eclairer ma patience? chaque créature ne me sert-elle pas de miroir où j'apperçois quelque image de Dieu? Y en a-t-il une seule qui ne me parle de lui? Ces petits flots plus clairs que l'argent se précipitent jusques dans le sein de la mer, ne disent-ils pas dans leur murmure: Geneviève voit comme tu dois fuir dans le sein de Dieu? Ces petits Oiseaux ne m'enseignent-ils pas à le louer depuis le matin jusqu'au soir? Eh bien! que pouvois-je esperer davantage? des honneurs qui sont préjudiciables? des amitiés qui sont feintes? des plaisirs qui sont sales? des voluptés qui sont funestes? Eh? mon Dieu, que je reconnois maintenant la douceur de votre Providence; Que votre saint Nom soit beni d'avoir sauvé une pauvre créature, qui n'eût jamais suivi vos attraits s'ils n'eussent été charmans, vos invitations si elles n'eussent été violens. Je vous suis infiniment redevable de m'avoir fait cette faveur; toutefois mon obligation me paroît encore plus grande, si je considére que vous m'avez contrainte d'être heureuse contre ma volonté, me faisant dans la solitude une image du Paradis, où toutes les félicités sont nécessaires. Tandis que notre sainte se perdroit dans les plus innocentes joies de la vertu, Sifroy n'avoit ni repos ni contentemens parmi les plaisirs de sa maison. La nuit ne lui représentoit que des ombres noires & de triste fantômes; le jour n'éclairoit que pour lui faire remarquer l'absence de Geneviève; son esprit rouloit sans cesse sur des pensées sombres & mélancoliques, son unique plaisir étoit dans la fuite des compagnies, souvent on le voyoit sur le bord de la riviere, remarquant dans l'inconstance des flots l'agitation de son esprit; & puis comme si cette humeur l'eut rendu sauvage, il se déroboit de ses serviteurs pour donner plus de liberté à ses soupirs dans l'horreur d'un Bois; se fâchant même contre son ombre où l'obscurité l'obligeoit à le suivre. Qui pourroit se figurer le désespoir & la fureur où il entroit, quand la mémoire lui disoit: Tu as fait tuer Geneviève, tu as massacré ton fils, tu as ôté la vie à ton pauvre serviteur, de qui les pas & les ombres te poursuivirent inces-

D

fament ! Genevieve où êtes-vous ? ma chere fille, où êtes-
vous ? On peut croire que s'il eût tenu Golo en certe
penfée, il eut ramené la coutume de facriñer aux manes ;
mais ce perfide faignoit à propos un voyage, quand il
appercevoit l'efprit de fon Maître changé ; fi fon malheur
l'eût arrêté dans la maifon du Palatin, c'eu, été fait de fa vie,
principalement après l'horrible & effroyable vifion de Drogan.
Je ne veux pas dire que ce fut une illufion de fon efprit malade,
car je fais que Dieu permet quelquefois aux ames de revenir
pour le bien de quelques perfonnes. Les exemples font affez de
cette vérité qui eft paffée même jufqu'aux fers, puifque le
mauvais Riche de l'Evangile qui étoit toujours vêtu de la couleur de feu, demandoit aux Peres des croyans de revenir au
monde afin d'avertir fes frere. des fupplices de l'autre vie. Voici le recit de cette effroyable vifion. Un foir que le Palatin étoit
couché, il entendit fur le minuit quelqu'un qui marchoit à
grands pas dans la chambre ; auffi-tôt il tira les rideaux de fon
lit, & n'ayant rien apperçu à la lueur d'un peu de lumiere qui
reftoit dans la cheminée, il tâcha de s'endormir; mais un quart
d'heure après le même bruit recommança fi bien, qu'il apperçut au milieu de fa chambre un grand homme pâle & défait,
qui traînoit un gros fardeau de chaînes, dont il fembloit être
lié : Cet horrible fpectre paroiffant dans les obfcurités de la nuit
étoit capable de faire pâmer un homme moins hardy que Sifroy ;
mais étant courageux & affuré, il lui demanda ce qu'il vouloit
fans témoigner beaucoup de frayeur, s'eftimant indigne de trem-
bler pour des ombres, lui qui n'avoit pas appréhendé la mort
même ; il ne put pourtant commander à une fueur froide,
qui fe répandit furtout fon corps, principalement quand il vit
cet efprit lui faire figne de venir à lui : ce qu'il fit néanmoins
le fuivant au travers une baffe-cour, & delà dans un petit Jardin, où il ne fut pas plutôt qu'il difparut, laiffant le Comte
plus étonné de fa fuite, que s'il eut encore continué une
compagne fi peu agréable. La lune lui aida beaucoup à fa
crainte ; car lui avant montré jufqu'alors où il étoit, elle retira fa lumiere, le laiffant chercher parmi les ténébres la porte de fa chambre. S'étant remis au lit il alla imaginer qu'il
avoit ce grand homme de glace à fes côtés qui le preffoit entre fes bras. Cela le fit appeller fes ferviteurs, qui le
trouverent plus blême qu'un mort : Il diffimula pourtant fa
peur jufqu'au matin.

À peine le jour commençoit à pointer, qu'il commanda aux

Valets de creuſer la terre à l'entour où l'eſprit s'étoit évanoui
on n'avoit pas encore percé plus de deux pieds qu'on y rencontra les os d'un homme chargé de fers & de menottes. Il y eut
un ſerviteur qui dit au Comte, que l'Intendant avoit fait jetter
le corps du malheureux Drogan en ce même lieu où l'on avoit
trouvé cette carcaſſe. Sifroy ordonna qu'on le fit enterrer, &
qu'on dit des Meſſes pour ſon repos. Depuis ce temps on n'a
plus oui de bruit dans le Château ; mais l'eſprit du Palatin lui
ſervoit de ſpectre, lui donnant toutes les imaginations épou-
ventables que les hommes agités de furies ſe peuvent figurer :
ce fut alors qu'il reconnut que ſes frayeurs & ſes craintes étoient
des effets de ſon crime : rien ne le pouvoit détourner de ces
imaginations noires & profondes ; il avoit ſans ceſſe devant les
yeux les images de ces trois innocens, qu'il croyoit avoir
tués : on entendoit ſouvent ces paroles ſortir de ſa bouche :
Geneviéve, que tu me tourmente ! Ses amis tâchoient de le
tirer de cette mélancolie ; mais la main de Dieu le pourſuivoit
en tout lieu, & l'image de ſon crime ne l'abandonnoit jamais.
Les démons portent par-tout où ils vont leur enfer, & un méchant traîne toujours ſon bourreau avec lui : Sifroy avoit péché par une ſoudaine précipitation, & Dieu tout au contraire
le voulut châtier d'une maniere lente & prolongée, afin de lui
faire ſentir combien il étoit dangereux de ne pas prendre conſeil de la raiſon ſur les accidens qui peuvent arriver. Pendant
que nous nous amuſons aux erreurs du Comte, nous perdons
les bons diſcours de Geneviéve.

C'étoit bien avant dans la ſeptieme année de ſa ſolitude, que
le petit Benoni commençoit d'avoir avec les ſentimens de ſes
miſeres, l'uſage plein & parfait de la raiſon ; Sa Mere n'ou-
blioit rien de tout ce qui pouvoit ſervir à ſon inſtruction : n'ayant
pas les moyens non plus que le deſir de lui laiſſer des biens de
la fortune, elle ne voulut pas le laiſſer dépourvu de ceux dont
la pauvreté ſe peut faire riche : tout ſon ſoin étoit de l'apprendre à connoître Dieu, l'amour & la révérence que nous lui
devons ; & qu'il n'étoit pas ſemblable à ces bêtes qui le louoient
avec lui, d'autant qu'il avoit une ame qui ne devoit jamais
mourir, & que les animaux ne vivoient que pour un temps.
Le matin & le ſoir avant que de repoſer elle le faiſoit age-
nouiller devant la Croix, & jamais elle ne lui permettoit de
tetter la Biche qu'après avoir prié Dieu. Ce petit Enfant mon-
troit tant d'inclination au bien, que ſa mere en étoit transpor-
tée d'aiſe, il lui faiſoit mille petites queſtions qui montroient

assez la gentillesse de son naturel & la bonté de son esprit, ce
qui faisoit quelquefois pleurer cette pauvre Mere, qui consi-
deroit que son fils méritoit bien d'être élevé dans une autre eco-
le, que parmi les bêtes. Elle n'accorda jamais à Benoni de lui
dire la cause de ses pleurs ; mais dissimulant avec prudence,
elle crut ne devoir pas accroître ses maux en lui découvrant
l'auteur. Je ne saurois oublier un discours qui ajouta aux pleurs
de Genevieve la perte de sa vie. Un jour que cet enfant jouoit
dans le sein de sa Mere & la flattoit amoureusement de la petite main, il lui demanda: vous me commandez souvent de dire, Nôtre Pere, qui est-il donc ? Ah ! petit innocent, que fates-
vous ? cette demande est capable de faire mourir votre pauvre
Mere : En effet, Genevieve pensa pâmer à ces paroles ; néanmoins serrant son cher fils sur sa poitrine, elle jetta les bras à
son col & lui dit : Mon Enfant, votre pere, c'est Dieu, ne
l'ai-je pas dit ? regardez ce beau Palais, voila sa maison, le
Ciel est le lieu où il demeure ; mais ma Mere me connoit-il
bien ? Ah ! mon fils, repartit Genevieve il ne peut se faire
autrement, il vous connoit & il vous aime. D'où vient donc
repartit Benoni, qu'il ne me fait point de bien, & qu'il permet tous les maux que nous souffrons ? Mon fils, c'est se tromper de croire que les biens sont la preuve de son amour, tant
s'en faut, les nécessités que nous endurons nous marque un
cœur de pere en notre endroit, puisque les richesses ne sont
autre chose que des moyens de se perdre, dont Dieu punit
les méchans, réservant de faire du bien à ses amis en l'autre
monde. Le petit Benoni écoutoit tout ce discours avec beaucoup d'attention ; quand il entendit faire la diférence des
bons & des mauvais, & d'un autre monde, il ne put s'empêcher d'intérompre ainsi Genevieve: Eh quoi! mon Pere a-t-
il d'autres enfans que moi ? Où est cet autre monde ? Mon fils
repartit la Comtesse. Dieu est un grand & riche Pere qui a
beaucoup d'enfans, toutefois il n'est pas moins puissant pour
tout cela, d'autant qu'il a des trésors infinis à leur donner : encore que vous ne soyez jamais sorti de ce bois, il faut que vous
sachiez qu'il y a des Villes & des Provinces qui sont pleines
d'hommes & de femmes dont les uns suivent la vertu & les autres se laissent aller au vice ; ceux qui les respectent comme
vrais enfans iront un jour au Ciel pour jouir avec lui de
mille contentemens, au contraire ceux qui l'offensent seront d'âtiés dans l'enfer: qui est un grand lieu sous terre plein
de feu & de tourmens : regardez desquels vous voulez être ;
il me semble qu'il seroit d'être des premiers ; car ceux qui sont misé-

rables-comme nous (pourvu qu'ils le soient volontiers & par
la volonté de Dieu) sont assuré d'aller au Paradis, qui est-ce
que j'ai appellé l'autre monde, Benoni ne put se tenir de lui
demander quand ils iroient en Paradis, ce sera après notre mort,
repartit la Mere. Ce pauvre innocent étoit fort éloigné de
comprendre tout ce que sa Mere lui avoit dit, si la bonté de
Dieu ne lui eût servi de Maître, éclairant son petit esprit inté-
rieurement, lui mettant à nud ces belles connoissances que nous
n'apprenons qu'avec une longue étude & beaucoup de travail;
mais jamais il n'avoit vû personne, & néanmoins il comprit
tout aussi-tôt ce que c'étoit que des Villes & des Provinces
aussi parfaitement que s'il eut connu tout le monde; quand il
auroit oui parler quelque Philosophe sur l'immortalité de
l'ame, il n'eut pas mieux compris son essence & ses qualités;
il avoit même quelque connoissance dont son âge n'étoit pas
capable.

L'expérience ne lui avoit jamais appris ce que c'étoit que la
mort, mais peu s'en fallut qu'il n'en eût un triste exemple en la
personne de Genevieve quelques jours après.

Les longues fatigues, les ennuis ordinaires & la nécessité de
toute chose avoient consumé un corps qui ne pouvoit être que
délicat pour avoir été nourri dans les delices d'une Cour, elle
avoit soutenu six Hivers entiers & autant d'Eté, si bien qu'à
peine se pouvoit elle connoître elle-même. Voir Genevieve &
un squelette, c'étoit presque une même chose, ces racines qui
l'avoient nourries, lui avoit composé un corps de terre.

Jugez si une petite maladie accompagnée de toutes ses incommodités ne pouvoit pas ruïner un corps qui étoit tout usé, pas
des douleurs extrêmes, extenué par des austérités insupportables, & rongé de soins très-cuisant; il n'avoit besoin que
d'une pour tomber: toutefois voici une fiévre violente, qui
s'attache à ce peu de sang qui restoit dans ses veines, & qui
s'enflamme d'une si brûlante ardeur que la pauvre Comtesse
n'attend que la mort. Benoni voyant que les yeux de sa Mere
étoient languissant, & le teint entiérement effacé, se prit à
crier qu'il pouvoit bien être entendu de cette ame qui fuyoit
déjà, & d'autre part il épancha tant d'eau, qu'il éteignit presque ce peu de chaleur qui lui restoit. Enfin Genevieve étant
revenue d'une longue défaillance, elle arrêta les yeux quel-
ques-temps sur l'aimable sujet de ses douleurs, & après lui
avoir appris qu'il étoit fils d'un grand Seigneur, & tout ce qu'elle lui avoit celé jusqu'alors, elle ajouta:

» Mon fils, voici l'heureux jour qui va mettre fin à mes
» peines : je n'ai aucun sujet de me plaindre de la mort n'ayant
» aucune raison de souhaiter la vie, je vais sortir de ce monde
» sans regret, ainsi que j'y ai resté sans plaisir. Si j'étois capa-
» ble de quelque plaisir, ce seroit de vous laisser sans remede
» & sans appui dans la souffrance des maux que vous n'avez
» pas mérité, à ne point trahir ma pensée, cette considéra-
» tion me toucheroit sensiblement le cœur, si je n'en avois
» une plus haute qui me contraint de mettre mes intérêts &
» les vôtres entre les mains de celui qui est le pere des Or-
» phelins, & le puissant support des Innocens. C'est à lui que
» je laisse le soin de votre enfance, c'est de lui que vous devez
» attendre votre appui ? Jettez-vous amoureusement entre
» les bras, & prenez toute confiance en sa bonté ; je ne
» veux pas que vous ayez de souvenir pour une pauvre mere
» qui ne vous a mis au monde que pour en souffrir tous les
» maux ; & néanmoins si vous desirez rendre quelque
» chose à mes soins, voilà ce que je veux de votre reconnois-
» sance ; je vous conjure, mon cher fils, d'ensevelir avec mon
» corps le ressentiment de mes injures puisqu'il n'y a que Dieu
» seul qui connoisse leur grandeur, il n'y a rien aussi que lui
» qui puisse leur donner des supplices ; la punition d'une inju-
» stice n'est jamais juste quand nous sommes nous mêmes les
» auteurs de la vengeance & le sujet de l'offense.

» Et puis, mon cher Henoni, le tort que l'on m'a fait est d'une
» étrange nature, puisque vous ne pouvez être mieux sans of-
» fenser la pieté, ni venger votre Mere que par l'outrage de
» votre propre pere ; en ce cas-là ce seroit laver vos mains
» avec du sang pour les avoir nettes, & se faire des plaies pour
» se guérir ; je sais qu'il est difficile d'avoir du mal sans se
» plaindre, aussi n'est-ce pas ce que je desire de vous ; souffrez
» vos maux, la nature le veut, mais ne vous plaignez point,
» puisque la vertu le défend ; ayez plus d'égard à la bonne vo-
» lonté de Dieu, qui permet vos afflictions, qu'à la mauvaise
» volonté de ceux qui vous les procurent.

» Si la nature vous convie au desir de vengeance, la grace
» vous en eloigne, si la raison humaine le commande, la loi
» divine le défend ; si l'impatience le persuade, la douceur en
» donne horreur, si l'exemple des hommes vous y porte, celui
« de Dieu vous en doit retirer.

» Nous devons en cela plutôt obéir aux Jugemens qu'à la
» volonté, écouter la raison que nos sens.

» J'espére que la miséricorde de Dieu nous fera justice, &
» qu'elle donnera à connoître à tout le monde, que vous êtes
» fils d'une Mere fort peu coupable & très injustement affligée.

» Au reste, mon fils, après avoir mis ce corps en terre, faites
» ce que Dieu vous inspirera ; s'il veut que vous retourniez à
» votre pere, n'en faites point de difficulté, vous avez des
» qualités qui lui feront avouer la ressemblance de votre visa-
» ge au sien, ne lui permettez pas de vous méconnoître s'il
» se souvient encore de ce qu'il est : pour moi, de qui vous ne
» devez attendre autre chose que des desirs & des bénédic-
» tions, je vous les donnes avec autant d'abondance que le
» Ciel en peut répandre.

En disant ceci, elle fit mettre son petit Benoni à genoux,
mouillant son petit visage du reste de ses larmes : Représentez
vous la pitié de ce spectacle, la pauvre Comtesse attend la fin de
ses miséres, Benoni le commencement de ses douleurs. La
mort la regardant dans cette posture s'avança pour faire le dernier coup de sa rage.

Holà cruelle ! il n'est pas encore temps de trancher une si
précieuse vie, attends que la justice de Dieu lui ait rendu son
honneur pour lui donner la mort. Quelles dépouilles peux-tu
espérer d'une si misérable créature ? son corps n'a plus de chair
pour nourrir tes vers : veux-tu ronger ses os, la tristesse l'a déja
fait ; tu prétends peut-être accroître le nombre de tes fantômes & de tes ombres. Laisse la vivre ce n'est rien autre chose.

Tandis que notre Comtesse attendoit la mort, deux Anges
plus beaux que le Soleil entrerent dans la Grotte, qui la rem-
plirent d'éclat & de lumiere.

S'étant approchés de sa petite couche de ramée, celui qui
étoit tutélaire de la maladie, dit en la touchant : Vivez, Genevieve, Dieu le veut ; alors ouvrant ses mourantes paupie-
res elle apperçut des Anges, qui ne lui donnerent pas le loisir
d'être considérée, lui laissant avec la santé, l'étonnement de
cette guérison miraculeuse. Dieu ne me fait rien qui n'ait sa
derniere perfection, bien différent des hommes, qui travaillent
peu à peu, & qui guérissent une maladie par des remédes qui
causent quelquefois de violens maux : le grand Médecin du
Ciel donne une santé pleine & parfaite par le seul commandement qu'il fait au mal de se retirer ; ses médecines sont sans
dégoûts, ses guérisons, sans foiblesse.

Sitôt que les Anges quittérent la Caverne de Genevieve,
elle sortit de son pauvre lit aussi seine qu'elle étoit avant cette

derniere maladie; à la voir lever, on eût dit que c'étoit une ré-
surrection qui se faisoit & non pas une guérison, l'Enfant pleuroit de joie de voir vivre sa mere, & Genevieve soupiroit de
tristesse de se voir repoussée du port de la tempête.

Ne vous affligez-pas, Geneviève, Dieu se contente de vos
souffrances, il ne doute pas d'une infidélité qu'il a reconnue par
une si longue pénitence; vos maux sont finis, votre gloire a
été assez long-temps ensevelie au fond du puits de la calomnie,
il est temps qu'elle éclate & qu'elle fasse voir les beaux & innocens rayons de sa lumiere. Il y avoit près de sept ans que Sifroy & Geneviève souffroient; l'un dans les horreurs d'un crime
qu'il n'avoit commis que par ignorance, & l'autre dans les miseres qu'elle ne souffroit que par injustice. Dieu voulant faire
voir l'innocence de celle-ci & l'erreur de celui-là; permit que
cette maudite sorciere chez qui il avoit vu le péché imaginai-
re de sa flamme, fût prise, accusée & convaincue de beaucoup
de crimes, qu'elle ne put nier, quoiqu'ils fussent faux pour la
plus part: étant sur le point d'expier ses offenses par les flammes & déjà attachée à l'infame poteau du supplice, elle demanda permission à la justice de dire quelques dernieres paroles
ce qui fut accordé; après l'aveu de quelque crimes, elle
confessa que tous les maux qu'elle avoit jamais faits, celui
d'avoir rendu coupable une personne innocente lui pesoit le
plus.

Les Ministres de la justice recueillirent ces mots & lui commanderent de s'expliquer sur le dernier point, ce qu'elle fit;
avouant ce que le Palatin Sifroi avoit fait mourir sa femme sur
les soupçons que les illusions de sa magie lui avoit donné: la
sorciere mourut sur cette protestation, ce qui fut aussi-tôt rap-
porté au Comte, qui ne fut pas moins triste de cette nouvelle
que consolé de voir que s'il avoit perdu sa femme sans ressource,
elle etoit au moins morte sans reproche.

Qui pourroit décrire la rage qui saisit son esprit, les menaces
de sa colere contre Golo, & les douces plaintes qu'il faisoit
à sa femme & à son fils; tantôt il disoit: Ah! cruel Bourreau,
n'étoit-ce pas assez de ruïner ma maison, sans hazarder l'honneur? si tu avois envie de massacrer des Innocens, que ne trou-
vois-tu des moyens plus honnêtes à ta cruauté? si tu n'eût été
aussi impudent qu'injuste en ta calomnie, n'estimois-tu pas avoir
assez fait? Oh! que n'as-tu cent vies pour expier l'horreur du
crime! traître! perfide! tu en perdrois une dans les flammes,
une autre entre les dents de mes chiens; & autant de fortes de

mort que ta malice a eu de divers artifices en ta calomnie ;
mais vous êtes toujours mortes, déplorables victimes ; tu es
morte, ma chere Genéviere! tu es mort innocent Agneau, que
j'ai aussi fait mourir que vivre! votre sang crie vengeance au
Ciel contre moi, & marque sur mon front la honte de ma lâcheté, oserai-je demander le pardon d'une faute que ma seule crédulité a commise ? Oui, mon Dieu, je l'oserai. Et comment n'espérois-je pas cette faveur de votre miséricorde, puisque vous êtes aussi b'on qu'ils sont innocens? Si un péché extrême se peut venger par un extrême châtiment, ah ! je vous
promets d'expier le mien, & de laver mes mains dans le malheureux sang de celui qui en est la cause.

Ce seroit une chose inutile de vous dire tout ce que la colera
lui fit prononcer de malédictions contre Golo, néanmoins considérant qu'il ne faut pas crier après les oiseaux qu'on veut prendre, il fit conduire sa passion à son jugement, & dissimula son
mécontentement de peur d'évenier son dessein : Golo s'étoit retiré de sa maison depuis deux ans, & venoit voir le Palatin
seulement lorsque la bienséance le contraignoit à ce devoir.
Que fait Sifroy ? il met bon ordre pour qu'il ne lui échappe pas,
il le prie par Lettres de venir à une grande partie de chasse.

Le dessein en étoit véritable ; mais on ne lui déclaroit pas qu'il
étoit la bête qu'on alloit prendre ; le voilà donc dans la maison du Palatin, de-là dans la même Tour où il avoit si long-
tems tenu son innocente Maîtresse. Dites maintenant que Dieu
n'est pas juste, dites qu'il s'endort & que la Providence laisse souffrir la vertu & triompher le vice : Golo soupir it de crainte,
Genevieve soupir it d'amour ; il se perd dans les horreurs du
Supplice pendant qu'elle se perd dans les douces extases de
la solitude. Ceci n'est encore rien, vous verrez bien-tôt que
Dieu se sert de la malice des méchans, comme nous usons des
Serpens & des Viperes, de qui nous tirons le venin en écra-
sant la tête. Le Palatin ayant ainsi pris les mesures pour le châtiment qu'il médit it à sa discrétion, il forma le dessein de con-
vier ses parens à la fête des Rois, & après le festin de leur
mettre Golo entre les mains.

A cet effet, il fait provision de tout ce qui pouvoit former
un somptueux & magnifique Banquet ; tous les élémens y four-
nirent de leurs délices, le Comte y voulant contribuer de quelque chose de sa peine, se résolut d'aller à la chasse ; le jour
qu'il avoit choisi n'eut pas plûtôt dissipé les ténèbres, & ré-
veillé les oiseaux, que Sifroy partit pour surprendre les bêtes
dans leurs gîtes.

Ce seroit s'engager dans un labyrinthe de voulloir décrire tous les tours & détours des lièvres, les rufes des bêtes fauves, la fuite des cerfs, la retraite des fangliers : quoique ce difcours feroit peut-être agréable, il feroit inutile étant hors de propos, d'ailleurs j'ai tant de chofes néceffaires à dire, je laiffe les fuperflues. Pendant qu'on s'échauffe à la chaffe, la Providence de Dieu prépare fon coup, mais d'une façon toute amoureufe & pleine de douceur.

A peine notre Palatin s'étoit écarté de fes gens qu'il apperçut une Biche à l'entrée du bois (c'étoit la nourrice de fon pauvre fils, il puffa auffi-tôt fon cheval, mais elle gagna la Forest broffant au travers des halliers fi lentement qu'elle fembloit défirer fa prife, ou aumoins d'être chaffée. Sifroy la pourfuivit jufqu'à une Caverne : Hélas ! c'étoit celle de la Comteffe Comme il s'apprêtoit pour lancer un javelot fur cette pauvre bête, il entre-vit au fond de cette antre, quelque chofe qui réffembloit affez à une femme, finon que cela paroiffoit nud, n'ayant point d'autre vêtement qu'une longue & épaiffe chevelure, qui couvroit en quelque façon fon corps : ce Spectacle le fit approcher jufqu'à ce qu'il put difcerner fi c'étoit une femme dans le fein de qui la Biche cherchoit fon azile. Le Comte & la Comteffe furent alors faifis de deux différentes admirations : Sifroy l'étoit de la privauté de cette bête, & de l'extrême néceffité de fa femme, qu'il avoit prife pour une Ourfe, Genevieve qui n'avoit été vifiter que des bêtes depuis fept ans, ne pouvoit affez admirer les bontés de Dieu de voir fon Mari, qu'elle connut auffi-tôt, quoiqu'inconnue. Après que l'étonnement ut fait place aux autres penfées, le Palatin la pria de s'approcher de lui, mais Genevieve qui étoit trop modefte pour paroître toute nue, lui demanda quelque chofe pour fe couvrir, ce qu'il fit laiffant tomber fa cafaque dont elle fe couvrit, enfuite Sifroy s'avança vers elle, & l'intérogea de plufieurs chofes.

Oh ! fageffe de Dieu, que vous êtes aimable ! pendant leurs difcours, la bonté du Ciel réveille la fouvenance de Genevieve dans l'ame de Sifroy, qui lui demanda fon nom, fon pays, & pourquoi elle s'étoit retirée dans un défert fi affreux.

Monfieur, repartit Genevieve, je fuis une pauvre femme de Brabant, que la néceffité a contrainte de fe retirer dans un petit coin du monde. Il eft vrai que j'étois mariée à un homme qui me pouvoit faire du bien ; mais le foupçon qu'il prit trop légérement de ma fidélité, le fit confentir à ma ruine &

à celle d'un enfant qui n'avoit pas conçu dans le péché qui m'étoit imputé : & si les serviteurs qui avoient reçu le commandement de me faire mourir eussent eu autant de précipitation à exécuter une sentence qu'il y avoit d'imprudence a me condamner, je n'aurois pas vielli l'espace de sept ans dans une solitude où je n'ai eu aucun aide que de l'air, de l'eau & de quelques racines, qui n'ont pas moins contribué à prolonger mes miseres que ma vie.

Pendant ce triste discours, l'amour de Sifroy & ses yeux cherchoient sur ce visage exténué des marques de sa chere femme ; ses soupirs lui disoient, sans doute, voilà Geneviéve ; mais la misere extrême de notre Penitente ne lui permettoit pas de s'affermir dans cette opinion. La malice de Gol. lui semb oit trop pleine d'artifice pour avoir laissé vivre celle qui avoit été le sujet de sa haine. Toutefois elle dit qu'un soupçon est la cause de son malheur, qu'elle est de Brabant, que son mari est de qualité, qu'on avoit eu dessein contre sa vie. Ch ! que l'amour a de force ! ce visage que tant d'austérités avoient effacé lui donne des marques certaines de ce qu'il cherche. Mais ma grande amie, dites-moi votre nom ? Monsieur je m'appelle Genevieve. A ces mots, le Comte se laissant couler de son cheval, lui sauta au col, s'écriant : c'est donc toi, ma chere Genevieve ! hélas ! c'est donc toi que j'ai si long temps pleurée comme morte ! & d'où me vient ce bonheur d'embrasser celle que je ne mérite pas de voir ! comment puis-je demeurer en la présence de celle que j'ai tuée au moins de desir ! Ah ma chére fille pardonnez à un criminel qui confesse son péché ; avouez votre innocence ; s'il ne faut qu'une vie après vous avoir fait mourir tant de fois, je vous remets la mienne entre les mains disposez-en selon votre volonté, je ne veux plus vivre qu'autant qu'il vous plaira, puisque ma vie ne dépend que de votre justice.

Il est vrai que de grandes douleurs ne peuvent ni pleurer ni se plaindre, il n'est pas moins véritable que les joies immodérées ne sauroient parler. Après a premiere sa lie, le Comte & la Comtesse demeurent immobiles comme deux statues de Marbre, sans pouvoir dire un seul mot de long-temps. Genevieve persoit à l'aimable Providence de Dieu, qui lui rendoit l'honneur par des voies qui étoient plutôt des miracles que miraculeuse ; & Sifroy ne pouvoit se lasser de regarder un visage qu'il avoit autrefois tant aimé, & qu'il respectoit alors comme la partie la plus auguste d'une Sainte : les miseres & les

langueurs n'avoient pas tellement consumés son corps, qu'il
n'eût encore quelque reste de cette premiere beauté qui l'avoit
fait adorer ; ce qui perça le cœur du Palatin : c'étoit d'avoir
persécuté la vertu dans un beau corps.

Si-tôt que l'extase & le ravissement lui donnerent la liberté
de respirer, la premiere parole qu'il proféra fut celle-ci : où est
donc mon pauvre Enfant, Geneviéve ? Où est ce misérable
fils d'un pere qui a été plus malheureux que méchant ? Alors la
Princesse qui connoissoit le véritable regret de son Mari, & qui
voyoit dans ses larmes l'image de son Ame, Voulant rendre la
paix à son esprit, usa de caresses dont elle vouloit flatter ; Mon
fils, effacez de votre esprit la souvenance de mes miseres &
& de votre erreur, puisque nous n'avons point d'autre pouvoir
sur le passé que l'oubli ; n'ajoûtons rien à nos maux par l'im-
puissance de les guérir. Dieu ne nous a réservé jusqu'à maintenant que pour jouir des fruits de sa miséricorde, ne refusons
point ce qu'il nous présente, pour moi il semble avoir plus
d'intérêt en ceci, je pardonne de bon cœur à ceux qui m'ont voulu procurer du mal, & bien plus volontiers à ceux qui m'en ont
fait que par surprise. Ne croyez pas que je regarde aucun ressentiment contre vous ; si vous avez haï une criminelle, je n'ai jamais été l'objet de votre haine, vous avez failli, votre faute est
d'autant plus pardonnable, qu'elle m'a été utile, vivez donc
satisfait, Geneviéve vit & votre Fils aussi.

Ce fut alors que Sifroy eût besoin d'une grande force pour
modérer une grande joie, mais cette vertu lui fut encore plus
nécessaire quand il vit son petit Benoni qui apportoit plein ses
mains de racines à sa mere.

Je ne suis pas plus habile à représenter le contentement de
ce Pere, qu'un grand Peintre qui voit la douceur de celui qui
ne pouvoit voir faire le sacrifice de sa fille.

Figurez-vous toutes les aises qu'un Pere peut avoir, & dites
assurément que Sifroy ressentit tout cela : Combien de douces
larmes répandues dans son sein ! Combien de baisers pressés sur
sa bouche & sur ces joues. Combien d'embrassemens & d'acco-
lades pensez-vous qu'il lui donna ? L'amour ne perd
rien, il ne faut pas douter qu'il lui rendit alors tout ce qu'il lui
devoit depuis sept ans. Mais que sont devenu nos chasseurs ?
Sifroy mordit son Cor & les appela, tout le bois retentit de
sa voix, enfin trois ou quatre de ceux qui la connurent se porterent incontinent au lieu d'où elle venoit.

Mon Dieu ! quel étonnement ne saisit point leur esprit de

rouver leur Maître en cette conjoncture, de voir un petit enfant pendu à son col, une femme à son côté, une Biche parmi les chiens sans aucune querelle ; quelle admiration lorsqu'ils reconnurent que c'étoit cette Dame qu'ils avoient tant pleurée.

La Palme séparée de son mâle se fletrit tellement qu'on la prendroit pour arbre sec ; mais si-tôt qu'elle peut embrasser de ses rameaux, celui qu'elle semble aimer, ses branches prennent une vigueur qui les fait subitement rajeunir. Genevieve qui, parmi les ennuis de tristesse & les nécessités de la pauvreté avoit eu assez de loisir pour perdre sa beauté, reprit tant de graces à la vue de son cher Sifroy, que semblable à ce qu'elle avoit été ; les serviteurs n'eûrent pas beaucoup de peine à la reconnoître.

Ils ne purent jamais s'empêcher de donner des larmes à cette premiere joie ; Quelques-uns furent promptement envoyés au Château pour querir des habits & une litiere, les autres donnant tout ce qu'ils purent des leurs pour vêtir la Comtesse, & l'emmenerent à petit pas.

On pourroit dire sans beaucoup de fiction, que toutes les créatures témoignerent du déplaisir de cette sortie ; la Caverne en devint plus sombre ; l'eau sembloit murmurer de plus haut & fuirp lus promptement ; les Oiseaux l'accompagnerent jusqu'à la sortie du bois, marquant par le battement de leurs aîles, & par leurs languissantes chansons le déplaisir de ce départ ; il n'y eut que la seule Biche qni fut sans regret, parce qu'elle suivit la Comtesse sans s'éloigner d'elle ; ayant marché une heure, ceux qui étoient allés au Château retournerent accompagnés de tous les Domestiques, qui ne purent dire un seul mot à leur bonne Maîtresse, tant avoient de joie.

Comme on s'approchoit de la Maison, deux Pêcheurs s'approcherent vers le Palatin, & lui présenterent un gros poisson d'une grandeur prodigieuse. mais la merveille fut qu'après l'avoir vuidé, on trouva dans son boyau une bague que Sifroi reconnut être celle que Genevieve avoit jetté dans la riviere. Ce nouveau miracle causa une nouvelle admiration dans tous les assistans, & particuliérement dans l'esprit du Comte, qui ne pouvoit assez louer la bonté de Dieu, qui faisoit parler les muets pour déclarer l'innocence de sa femme. Ce n'est pas la premiere fois que semblables prodiges sont arrivés.

N'admirez-vous point la douce bonté du Ciel, qui découvre enfin une innocence que la haine avoit attaqué, la calomnie noircie, la credulité convaincue les miseres affligées la solitude cachée l'espace de sept ans ? Remarquez, s'il vous plaît les changemens de la fortune , ou plutôt les effets de la Providence de Dieu. Voila Genevieve dans les délices d'un Palais, laquelle est heureuse; attendez , la voila dans l'obscurté d'une prison, dans l'horreur d'un désert, & plus que tout cela, dans la necessité de toute chose , & dans la peine d'un crime dont le seul soupçon est un cruel martyr à une honnête Dame : tout est perdu, un peu de patience; & je la vois qu'elle sort du brouillard de la calomnie, comme le soleil de la nuée. Je la vois chérie comme une femme , servie comme une Reine, respectée comme une Sainte, que direz-vous maintenant ? Dieu est-il bon ? voyez s'il est juste.

Tous les parents & amis de Sifroy ne manquerent pas de se trouver en son Palais, où ils rencontrerent un bien plus grand sujet de joie qu'ils n'esperoient, quand ils reconnurent leur bonne parente & qu'ils apprirent les moyens dont Dieu s'étoit servi pour déclarer son innocence. Il n'y eut personne qui ne rendit graces à Dieu d'un si grand bienfait : les uns saluoient la Mere, les autres étoient toujours collés sur les joues de cet Enfant, rien ne fut oublié de tout ce qui pouvoit accroitre cette réjouissance. La fête dura une semaine toute entiere, & la joie n'en fut troublée, que du seul déplaisir de voir la Comtesse ne pouvoir manger ni chair ni poissons, tout ce qu'on put faire endurer à sa vertu, & à son estomach, ce fut des herbes & des racines un peu mieux accomodées qu'elle ne les mangeoit dans sa solitude.

Quelques jours s'étant ainsi écoulés dans les plaisirs & les délices , le Palatin commanda qu'on tirât de prison le perfide Golo , qui n'eût pas été en vie, s'il ne l'eut reservé à un suplice plus rigoureux : on l'amena dans la chambre où étoit la Comtesse avec toute la noblesse qui étoit venu visiter Sifroy : ce fut là où toutes les frayeurs d'une mauvaise conscience saisirent ce méchant homme ; les artifices ne servoient plus de rien , il ne pouvoit nier un crime qui a les hommes & les animaux & les poissons même pour témoins.

l'esperance d'un pardon lui semble un nouveau péché, la crainte des tourmens le gêne déja. L'image de la mort le fait frémir , la bonté de Genevieve lui donne l'espoir de son salut mais l'honneur de son offense le traverse , & lui représente qu'il est aussi peu raisonnable d'attendre de misericorde, qu'il est indigne de pardon ; sa pieté le fait espérer , mais sa propre cruauté lui ôte toute sa confiance ? l'amitié du Comte tâche de lui donner de la hardiesse, & sa juste indignation le remplit de crainte il va prendre dans ſon cœur les aſſurances du pardon ; mais ſes yeux ; ſa voix & tout ſon viſage ne lui parle que de gibets & de ſuplices ; enfin , n'ayant pas même oſé arrêter ſa vue ſur celle qu'il av..it autrefois ſi indignement traitée il tomba auſſi-tôt en foibleſſe Siıroy allumant ſon viſ.ge de colere & donn..nt d'épouvantes menaces, après lui avoir reproché ſon infidélité , le condamne à mort.

C'eſt ici où la malice va combatre la malice , la prudence, l'artifice, la compaſſion , la cruauté, la douceur. tous les reſſentimens de la nature, & la clémence, même, léquité. Genevieve ne pouvant voir un miſérable ſans pitié, t..cha de révoquer la ſentence de mort, & parla à Sifroi en ces termes.

Monſieur , dit la Comteſſe, encore que les bons ſuccés ne juſtifient pas les mauvaiſes intentions, toutefois j'ai quelque ſujet de vous demander la grace de Golo pour les grands biens qu'il m'a procurés, j'avoue que toutes ces procédures étant injuſtes je ne puis tr..uver ſon pardon que dans votre bonté; mais ſi vous rega..dez les faveurs que j'en ai tirées, je crois qu'il ne peut avoir recours à une autre vertu qu'à la miſéricorde. Je ne déguiſe poi..t ſa faute pour lui donner un beau viſage ; Golo a offenſé Genevieve, il a voulu lui ravir la vie avec l'honneur : A qui eſt-ce de pourſuivre la vengeance de crime qu'à elle-même ? Si vous dites que les injures ſont les vôtres , & que vous entriez en ſes intérêts , je réponds que vous ne devez pas prendre une moindre part à mes deſirs .& comme il n'eſt rien au monde que je déſire avec plus de paſſion, que la vie de Golo, je d..is attendre ce contentement de votre bonté comme j'e père cette faveur de vos bienfaits. Permettez que j'ajoute ce peu de vertu que j'ai, à la gl..ire de me vaincre, en la choſe qui m'eſt la plus ſenſible, qui eſt de donner la vie à celui qui m'en ôte tous les moyens. Que ſi vous êtes arrêté au deſſein de le punir, je ne connois pas de moyens plus proportionnés à ſon crime, que de le laiſſer ent..e les mains de ſa propre conſcience, qui lui fourni..a mille bourreaux & mille ſupplices ; en un mot, mon chér Sifroi, je veux qu'il vive , & qu'il doive la vie à ces larmes que je donne à ſa miſere.

Qui ne ſe rendroit aux prieres d'une ſi be..le bouche ! Golo commençoit à eſpérer, toute la compagnie attendoit la grace de ſon crime : Ce diſcours ne pouvoit être contre l'attente de la compagnie, ſans lui cauſer de la ſurpriſe : le pauvre criminel en fut tellement touché, qu'il s'écria tombant aux pieds de Genevieve, Madame, c'eſt maintenant que je pénetre mieux

jamais la bonté de votre cœur & la malice du mien. Hélas! qui
eût été espérer qu' celle que tant de raisons obligent à ma perte dût désirer mon salut? Misérable Golo, c'est à cette heure que
tu es indigne de la vie, puisque tu l'as voulu ravir avec tant de
cruauté à cette sainte Princesse, Non, ma bonne Maîtresse,
laissez-moi mourir, les regrets & les déplaisirs ordinaires ne
pouvant expier mon offense, il faut que la rigueur d'une honteuse mort venge sa cruauté? le sang nécessaire ou les larmes
sont inutiles, puisque je ne puis mériter mon pardon permettez
qu' j' souffre mon supplice : j'ai attenté à votre honneur, la
violence de ma passion pouvoit me servir d'excuse ; votre courage ayant insisté à mes poursuites, j'ai calomnié votre innocence : ce péché est bien noir, néanmoins on le peut oublier
je ne me suis pas contenté de faire donner de votre vertu, j'ai
tâché de vous ôter la vie, j'avoue, hélas! que ce crime ne
doit trouver aucune grace, n'ayant point de prétexte.

Ce n'est pas que votre bonté soit assez grande pour m'accorder cette faveur : néanmoins puisque j'en suis tout à fait indigne, je n'en ai nullement le désir, aussi ma chère Maîtresse,
tout ce que je demande de vous en mourant, c'est que mon
crime ne vive plus dans votre mémoire , & que mon sang en
efface le ressentiment dans votre cœur.

Comme il eût achevé ces mots, ou pour mieux dire , les
sanglots l'ayant interrompu, ses yeux versèrent tant de larmes,
qu'on eût facilement cru qu'il se vouloit fondre aux pieds de la
Princesse. Golo prenoit Geneviève par où elle étoit a plus sensible ; mais si elle avoit beaucoup de piété, si roi n'avoit pas
moins de zéle: Dieu qui est aussi juste que miséricordieux, voulut faire pour ce coup un exemple aux hommes, & roidir l'esprit du Comte, qui crut avoir besoin de toute la bonté de sa
femme pour son propre pardon.

Voilà donc sa condamnation confirmée : on le méne de rechef en prison pour y attendre l'exécution de sa Sentence, Sifroy
qui vouloit châtier les crimes extraordinaires des tourmens qui
ne fussent pas communs, se trouva fort en peine sur le genre de
mort ; tantôt il se vouloit venger de son infidélité l'exposant à
la rage des chiens , qui sont le symbole de son contraire ; &
puis considérant que son péché avoit commencé par les flammes
de l'amour, il lui sembloit de le couvrir des cendres raisonnables
de son propre corps, ou de les éteindre dans les eaux de la
rivière, tous ses supplices étoient grands, mais son crime n'étoit pas moindre. Sifroy n'estimoit pas être assez vengé si les

effets de fa vengeance n'euffent eu quelque chofe d'extraor-
d.naire ; enfin , après avoir réfléchi la-deffus, il conclut de le
faire mourir de cette forte.

Il y avoit dans le troupeau du Palatin quatre de ces Bœufs
fauvages que la Forêt noire nourrit, qui furent amenés par fon
commandement, & étant accouplés queue-à-queue, le miférable Golo fut attaché par les bras & les jambes, qui furent
bien-tôt féparés de fon corps dont les infâmes débris trouverent
leur tombeau dans l'eftomac des Corbeaux par un jufte jugement de Dieu, afin que le corps d'un fi méchant homme fût
aufli mal logé après fa mort, que fon ame l'avoit été pendant
fa vie. Voilà le châtiment d'un homme qui ne fut malheureux
que par trop de bonheur.

Voilà les fruits ordinaires que produit malice ; voilà les
préc¹pices où une malheureufe paffion nous porte ! voilà les
naufrages où les vents de la profpérité nous pouffent: voilà les
jeux de la fortune, qui ne flattent nos efpérances que pour les
féduire : ne vous y trompez pas, fi elle vous montre un beau
vifage, fouvenez-vous que la Syrene en fait de même : fi elle
vous attire par fes careffes, la Panthere le fait aufli ; fi fes
plaintes amoureufes nous attirent, les foupirs du Crocodile
nous doivent fervir d'inftruction; fi elle reluit, fon éclat n'eft
plus aimable que celui des Ardens

Miférable Golo ! je te vois aujourd'hui ajoûter aux exemples
de ceux que cette traîtreffe a trompé, ô que ta condition eut
été heureufe , fi elle eût été moins révélée! & que ta vie
auroit été plus affurée, fi la faveur ne l'eût point expofée! re-
cherchons, je vous prie, le premier pas de fon malheur, &
nous trouvons que ce fut l'autorité qu'il avoit acquife dans la
Maifon de fon Maître ; le fecond, une trop grande de regarder ce qu'il ne doit pas défirer, & le dernier, un amour fans
refpect, d'où procéda une demande fans honneur, une pour-
fuite fans aucun fuccès, une haine fans fujet, une caloinnie
fans jugement , un fupplice fans miféricorde ; d'une part, fi
nous arrêtons la v e fur notre innocente Comteffe, nous verrons la vertu noircie, mais pour fon affermiffement ; la fainteté
méprifée , mais pour fa fûreté, & de plus nous connoîtrons
que les triomphes du vice font courts , & la confufion fort longue, & que ce n'eft pas une fois feulement que Dieu a retiré
les têtes innocentes de deffous le couteau d'un bourreau pour
les couronner.

Ceux qui furent trouvés complices de Golo , reçurent des

Châtimens proportionnés à leur faute, & ceux qui s'étoient
montrés favorables à l'affliction de Geneviéve, ne trouverent
pas moins de gratitude en elle, que les autres de sévérité en
l'esprit du Palatin; cette pauvre fille qui avoit eu pitié de la
Comtesse & qui lui avoit apporté de l'encre, trouva son bienfait écrit autre part que sur du papier. La mort empécha Geneviéve de récompenser ceux qui lui avoient donné la vie, pour
ne lui avoir pas ôtée, d'autant que l'un d'eux étoit décedé,
l'autre recueillit toute la reconnoissance de cette bonne action:
Ces récompenses & ses peines furent suivies des contentemens
de tous ceux qui aiment la vertu. Benoni fut celui qui trouva
plus de fortune en ce changement; les mal-aises d'une solitude
lui firent goûter les délices de sa Maison, avec plus de douceur,
que s'il n'eût jamais été misérable; néanmoins son esprit ne
s'arrêta pas tant à ces contentemens, qu'il ne prit la teinture de
toutes les bonnes qualités dont la Noblesse doit relever son
mérite; on ne remarquoit rien de bas en ce petit ouvrage,
quoiqu'il eût été elevé dans la pauvreté, rien de farouche quoique nourri parmi les Ours. Le Pere & la Mere prenoient un
singulier plaisir aux inclinations de ce cher fils, en l'aidant de
leurs bonnes instructions: De l'accord & de l'intelligence qui
étoient en cette Maison, naissoit une paix générale; chacun des
Serviteurs n'avoit pas moins d'un siecle d'or, je veux dire, qu'ils
étoient pleinement satisfaits & contens. Il n'y avoit personne
qui s'estimât bien récompensé de ses tristesses passées; la seule
Geneviéve avoit plus de mérite que de récompense: la Terre
lui ayant fait souffrir tous ses maux n'avoit pas assez de ses biens
pour lui rendre ce qui lui étoit dû. Le Ciel prit donc le soin
de penser au prix de la patience: Vous comprenez bien que
je veux parler de la Comtesse.

Dieu qui ne vouloit pas honorer plus long-temps le monde
d'une si grande vertu, résolut de la retirer à son origine; ce ne
fut qu'après lui en avoir donné avis. Un jour qu'elle étoit en
Oraison, il lui sembla voir une troupe de Vierges & de Saintes
parmi lesquelles sa bonne Maîtresse tenoit le premier rang,
ayant toutes les autres pour Dames d'honneur: leur Majesté ravit
aussi-tôt notre Sainte; mais leur douceur la charmoit bien plus
sensiblement, il n'y en avoit pas une qui ne lui rendît des palmes
& des fleurs, & la Vierge tenoit en sa main une Couronne tis-
sue de toutes sortes de pierres précieuses; qui lui sembloit ainsi
parler: Ma fille, il est temps de commencer une éternité de
plaisirs: voici la couronne d'Or que je vous ai préparée,

après celle d'épines que vous avez portée : recevez-la de ma main.

Geneviéve entendit fort bien ce que signifioit cette visite, qui lui causa une incroyable satisfaction dont toutefois elle ne voulut pas dire le sujet à Sifroy, crainte de l'attrister dans sa joie ; si la prudence lui en cé a la cause, la maladie qui avoit moins de discrétion, le lui dit en peu de jours : ce fut une petite nevre qui saisit son incomparable Comtesse ; & lui donna une expression plus nette de sa révélation. De vous décrire le contentement de Geneviéve, & d'exprimer le déplaisir de Sifroy, cela seroit impossible.

Il faut perdre, disoit-il, un trésor que j'ai si peu possédé ; il est vrai que j'en suis indigne, mon Dieu, & que je ne me puis plaindre d'injustice, puisque vous ne m'ôtez que ce que je tiens de votre pure miséricorde & non pas de mon mérite ; mais, hélas ! ne m'eût-il pas été des plus favorables de ne l'avoir point du tout, que de ne l'avoir qu'un instant ?

Un moment, Sifroy, un moment il n'est pas temps de pleurer, gardez vos larmes pour un autre jour, vous en devez donner à la juste douleur de la nature.

Je me trompe, vuidez hardiment toute l'humeur de vos yeux, vous auriez honte d'en donner si peu à la perte que vous allez faire : les petites douleurs se peuvent plaindre, les grands maux n'ont point de bouche ; quand on sait bien dire son mal, le sentiment n'est pas extrême, ni le regret véritable.

Hélas ! Geneviéve est déjà morte, je la vois étendue sur son pauvre lit sans vigueur & sans mouvement ; ses yeux ne sont plus que des Astres éclipsés, sa bouche n'a plus de roses & les joues ont perdu leurs Lys.

Ah ! que ne m'est-il possible d'appeller ici toutes les beautés du monde autour de ce lit ! je leur dirois, voilà les restes de ce que vous chérissez avec tant de passion ; voilà les cendres de ce feu qui brûle le monde ; voilà un exemple de ce que vous serez ; voilà une image à qui vous aurez bien-tôt de la ressemblance ; faites maintenant des divinités de ce que la mort changera un jour en vers & en pourriture.

Mais je me trompe, Geneviéve n'est pas morte, une violente pamoison avoit seulement tiré son ame pour un temps ; elle revient à elle, cela fait croire que la nature est encore assez forte pour chasser le mal ; pourvu qu'on l'aide de quelques remédes.

Ne croyez pas qu'on épargne rien : il faut partir, Sieu la

veut, & fon eftomac qui ne peut fouffrir que des herbes & des racines, nourriffent la névre & avancent la mort, la bonne Princeffe le reçoit & le defire ; elle appelle fon cher Benoni qu'elle bénit, & fon mari à qui elle fit cet adieu, qui eft capable de faire pleurer les Tygres & les Pantheres

  » Mon cher Sifroy, voici votre chere Geneviéve qui va
» mourir ; tout le déplaifir que j'ai, c'eft de laiffer cette vie qui
» me vient de vos larmes ; ne pleurez plus & je m'en irai con-
» tente ; fi la mort me donnoit du loifir, je vous ferois voir
» par le mépris de celle que vous pleurez le peu de fujet que
» vous avez de plaindre votre perte ; mais puifque le tems me
» preffe & qu'il ne me refte que trois foupirs, je n'ai que ce
» mot à vous dire. Pleurez, Sifroy, autant que je le mérite, &
» vous ne pleurerez pas beaucoup ; neammoins je vous conjure
» qu'ayant oublié ce peu de cendre que je laiffe, vous vous
» fouv niezque Geneviéve va au Ciel pour y tenir votre place,
» & que l'homme & la femme faifant un tout, peut étre que
» Dieu m'appelle d'y attirer l'autre partie.

Après ces languiffantes paroles ; tout ce que la foibleffe lui permit fut de recevoir le précieux corps de fon bon Maître, qui ne fut pas plutôt entré dans fa bouche, qu'elle arrêtât fes yeux au Ciel, où étoit déjà fon cœur, pouffant fa belle ame hors de fon corps par un dernier foupir d'amour. Ce fut le fecond d'Avril de la même année de fa juftification, que le Ciel reconnut parfaitement les mérites de fa patience.

Benoni n'eut pas plutôt vû les membres de fa mere morts, qu'il fe jetta fur le lit avec des cris fi éclatans & fi aigus, qu'il perçoit le cœur de tous les affiftans, il fut impoffible de le retirer, quelqu'effort que l'on fit : d'autre côté Sifroy étoit à genoux, tenant les mains de fa chere femme, qu'il arrofoit de fes larmes.

Tous les Domeftiques étoient à l'entour comme autant de ftatues de marbre, que la douleur avoit transformés : il fallut donner à la terre ce que l'ame de Geneviéve lui avoit laiffé, on s'apprête d'enfevelir ce faint Corps qui fut trouvé révétu d'une rude haire, capable toute feule de confumer un corps auffi délicat que le fien. Quand on enleva le cercueil de la maifon, ce fut alors que le Palatin fit éclatter plus vifiblement fa douleur, que les flambeaux qui éclairoient la pompe funébre. Par-tout on n'entendoit que foupirs, par-tout on ne voyoit que larmes : enfin, après que Sifroy & fon fils eurent mis leur cœur dans le tombeau de Geneviéve, on s'efforça de les retirer de l'Eglise, où ce saint Corps demeuroit en dépôt : le regret de cette perte ne fut si propre aux hommes, qu'il ne fut sensible aux bêtes : les oiseaux sembloient languir de douleur, & s'ils chantoient quelquefois autour du Château, ce n'étoit plus que des plaintes.

Je ne puis laisser passer une chose qui semble digne d'admiration : la pauvre Biche avoit servi la Comtesse si fidellement en sa vie, qu'elle ne lui témoigna pas moins d'amour à sa mort.

On tient que cette sorte d'animal ne jette qu'une grosse larme à la mort ; il faut donc avouer que cette Biche mourut plus d'une fois au trépas de sa chere Maîtresse : ce fut une chose pitoyable de voir cette pauvre bête suivre la Bierre de Geneviéve, plus déplorable encore d'entendre comme elle bramoit languissamment ; mais tout-à-fait étrange de voir que jamais on ne put la reconduire en la maison, demeurant jour & nuit aux portes de l'Eglise où étoit sa chere Maîtresse ; les Serviteurs lui portoient du foin & des herbes auxquelles elle ne toucha point, se laissant ainsi mourir de faim, on en porta la nouvelle au Palatin, qui se prit à pleurer comme si sa femme fut morte encore une fois : pour récompense de sa fidélité il la fit tailler en marbre blanc & mettre aux pieds de Geneviéve. Tout cela néanmoins ne consoloit pas l'affliction de Sifroy ; on avoit beau lui dire que la nature étant satisfaite, il étoit tems d'écouter la raison ; les remédes de sa douleur lui causoient de nouvelles douleurs ; si on lui représentoit que ce n'étoit plus un amour de Geneviéve de pleurer de la sorte, mais une haine de soi-même, il repondit que le regret d'avoir perdu une sainte femme ne pouvoit être louable s'il n'étoit extrême ; ce n'étoit pas assez, il cherchoit d'entretenir sa passion, n'ayant jamais de plus agréables idées que celles qui représentoient Geneviéve ; s'il alloit à l'Eglise, c'étoit pour lui faire un sacrifice de ses yeux ; s'il retournoit en sa Maison ; il se retiroit en sa chambre, parlant à tout ce qui avoit été à elle. Voilà le lit de Geneviéve, disoit-il, voilà son miroir, voilà son cabinet. En regardant sa glace, il y cherchoit le visage de sa chere Femme, appellant sans cesse Geneviéve : mais Geneviéve ne répondoit point ; de la Chambre il passoit dans un Jardin qui étoit autrefois tout son passe-tems : mais c'étoit dans les Vergers de l'éternité qu'il la falloi chercher pour la trouver. Si l'ame de la Sainte eût été saisie d'une tendre compassion de voir la profonde mélancolie de Sifroy, sans doute mon amour en eut été le reméde, comme elle en étoit la cause.

Un après-dîner qu'il étoit dans ses rêveries ordinaires, un page lui vint dire qu'il y avoit un Hermite qui demandoit le couvert ; le Comte qui n'avoit pas coutume de fermer la porte aux œuvres de miséricorde, ni chasser les bonnes actions de sa maison, fut bien-aise d'en rencontrer l'occasion, commanda qu'on le fît monter : O que vous êtes heureux, Sifroy, en même tems que vous avez ouvert votre porte à la charité, vous ouvrez celle de la gloire ! peut-être que cette rencontre sera le nœud de votre prédestination. Tandis qu'on apprêtoit le souper, le Palatin fit compagnie à ce saint homme qui ne l'entretint point sur d'autre sujet que celui des misères du monde, & les amertumes qui sont mêlées parmi les délices : bien que ses discours fussent aigres, encore lui sembloient-ils pleins de douceurs : le souper étant prêt, le Comte fit asseoir l'Hermite au haut de la table, quoique sa modestie eût choisi la derniere place : c'est ainsi que font tous ceux qui ne méprisent pas la vertu pour être mal vêtue. Tout le monde ayant pris place selon sa qualité & mangé selon son appétit, notre Religieux prit garde que Sifroy ne faisoit que se plaindre & soupirer, sans même essayer un morceau de viande ; il crut qu'il ne se nourrissoit que de soupirs, ou du moins il fit semblant de le croire ; cela néanmoins ne l'empêcha pas de demander le sujet de ses larmes, ce qui obligea le Comte, qui ne prenoit plaisir qu'à se souvenir de sa chere Geneviéve.

Après avoir fait le récit de sa lamentable histoire, il conclut ainsi : Eh bien ! mon Pere, n'ai-je pas sujet de répandre des larmes éternelles ? sauroit-on trouver mauvais qu'une perte si précieuse m'afflige ? Monsieur, repartit le Religieux, ce seroit refuser des larmes à ceux à qui nous devons quelque chose de plus ; la patience n'empêche pas de se plaindre, mais seulement de murmurer : vous avez raison de ressentir votre affliction ; mais combien y a-t-il que Madame est décédée ? il y a un mois, répondit le Palatin : Pardonnez-moi donc, si je dis que votre regret est trop long, que votre courage est trop foible, il y a de l'excès quand les larmes s'étendent jusques-là. Ah ! mon Pere, cela seroit bon si j'avois fait une perte commune ; mais ayant perdu une Geneviéve, une femme & une Sainte, & presque par ma faute, je ne saurois assez plaindre mon malheur.

Cela même dit l'Hermite, vous doit consoler, & essuyer entierement vos larmes ; permettez-moi, s'il vous plaît, de découvrir avec votre douleur la cause de la Justice de Dieu.

Vous avez perdu une femme, deviez-vous toujous la posséder ? On vous a ravi une Sainte, quel droit vous en donnoit la jouiſſance. Avez-vous peu profité en la conſidération des changemens du monde pour ignorer que l'hom ne n'étant pas fait pour durer toujours, il doit finir une fois ? Votre jugeme t eſt trop bon pour exiger de la mort un privilége qui eſt impoſ-ſible : de quelque part que nous jettions les yeux, nous ne voyons que des tombeaux & des cendres : les Princes ſouverai s ont bien quelque pouvoir ſur la vie, mais non pas ſur la mort; naiſſant dans le pourpre ou dans les toiles d'araignées, habitant des Palais, ou demeurant dans des chaumieres, la mort nous trouvera toujours par-tout.

Les Grands peuvent être diſtingués de la condition de vivre; mais ils n'auront jamais de différence dans l'obligation de mourir : je ne dis point qu'il y a beaucoup de choſes qui nous peuvent faire voir la mort comme un bien à ſouhaiter, & la vie comme un ſujet de haine; je m'arrêterai aux raiſons qui vous ſont particulieres, de peur que mes conſidérations ne ſoient trop générales : quel ſujet avez-vous de trouver mauvais qu'une choſe mortelle ſoit morte ? vous n'y trouvez à redire, ſinon c'eſt trop tôt, tellement que vous voudriez que la mort eût eu de la diſcrétion de ne vous plaire que quand il vous eut plu, & ne ſavez-vous pas que la mort eſt créée pour la ruine de la nature, il ne faut point attendre de faveur de ſa cruauté ſinon de vous faire mourir promptement de peur de languir.

Si cette connoiſſance eſt paſſée juſqu'à votre eſprit, pourquoi trouvez-vous mauvais qu'une femme n'ait vêcu que ce qu'elle a dû vivre, & qu'elle n'a qu'un peu vêcu afin de mourir plus long-tems ?

Ce n'eſt pas la mort d'une femme qui vous afflige, mais plutôt celle d'une Sainte, qui pouvoit s'acquérir une grande couronne dans le Ciel, & faire beaucoup de bonnes actions dans le monde : étiez-vous aſſuré que ce qui avoit ſi bien commencé dût bien finir ? Madame étoit chargée de mérites, ne pouvoit-elle pas ſuccomber ſous le faix ? ſes tréſors de vertus étoient grands, ne pouvoit-elle pas craindre les voleurs ? elle étoit ferme dans la grace, mais foible dans ſa nature; ſa piété étoit bien appuyée, mais non inébranlable : ſa volonté étoit conſtante, mais capable d'inconſtance : que ſavez-vous ſi Dieu qui n'a point d'autre penſées que pour le bien de ſes créatures, ne lui a point ôté le loiſir de ſouiller la gloire de ſes premiere actions ? croyez-moi, Monſieur, le vice & la vertu ſe ſuiven comme le jour & la nuit.

Je veux bien croire que le mérite de celle que vous pleure

ne pouvoit être changée que par un grand prodige ; mais il ne pouvoit être conervé que par un grand miracle.

Confidrez maintenant l'impuiſſance de vos larmes ; car je m'aſſure que vous vous réſoudrez plutôt à la ſuivre, que d'eſpérer qu'elle puiſſe revenir où vous êtes ; ſon exemple à ſe conformer aux volontés de Dieu, vous laiſſe une entiere obligation de l'imiter : ſa conſtance ne veut pas que vous pleuriez plus long-tems, c'eſt cequ'elle vous diroit ſi vous pouviez l'entendre, c'eſt ce que vous conſeille une perſonne qui n'a point d'autre intérêt en votre repos que celui que la charité lui donne.

Cherchez-le dans ces honnêtes divertiſſemens de la chaſſe, des viſites & des récréations, qui ne peuvent vous nuire ſi vous les prenez avec la modération qu'on doit attendre d'une perſonne à qui la vertu doit être auſſi naturelle qu'elle eſt néceſſaire.

Le Palatin ne laiſſa pas échapper un mot de ce diſcours, qui lui donna une médecine que le tems même lui avoit refuſé. La table étant levée, après quelques entretiens, chacun ſe retira.

Le lendemain Sifroy ayant demandé où étoit le Pere, les Serviteurs répondirent qu'il ſe promenoit dans les Jardins, mais y étant allé il ne le trouva pas. Le Comte ne voulut pas croire qu'il s'en fut allé, l'eſtimant trop honnête pour commettre une incivilité, & aſſez reconnoiſſant pour n'être pas ingrat. Comme le jour s'eſt paſſé ſans qu'il revint, il ne ſavoit à quoi arrêter ſa croyance ; ce qui rempliſſ ſon eſprit d'admiration, fut de trouver ſon habit dans la chambre. Le profit qu'il tire de ſes bons propos l'adoucit de beaucoup de l'aigreur de ſes reſſentimens : tous les ſentimens qui étoient pleins de fiel auparavant, lui ſemblerent plus doux & moins inſupportables, la chaſſe des oiſeaux & des bêtes fauves lui fourniſſoit une partie de ſes divertiſſemens, croyant que s'il tendoit des lacets aux animaux, il y pourroit perdre ſa douleur. O aimable bonté du Ciel ! qui uſe ſi ſagement de nos inclinations, qu'il les tourne à notre bien.

Un jour le Comte ayant réſolu de courir un Cerf, qu'il avoit reconnu par les Forêt, aſſembla bon nombre de ſes voiſins, pour en avoir le plaiſir : ce deſſein ayant été pris, voilà toute la Nobleſſe en campagne ; elle n'eut preſque pas cherché ce qu'elle deſiroit, qu'elle le trouva.

Le Palatin fut le premier qui trouva le Cerf, qui par ſa fuite l'attira dans le bois, & le conduiſit dans la Grotte où Geneviéve avoit vécu ſept ans ; mais il fut bien étonné de voir le Cerf au milieu de la Caverne, & les chiens à l'entour ſans pouvoir l'approcher, comme s'il eût été de pierre, ou que la bête eût été dans un rond enchanté : il tâche de les animer par son cri ; mais quand ils s'élancent dessus, on diroit que quelque main invisible l'arrête.

Le Palatin descend de son cheval, & entre librement dans ce lieu sacré, il le considere, y reconnoît encore les traces de sa sainte femme, qui lui tirent aussi-tôt les larmes des yeux : Ah ! disoit-il, voici où ma pauvre Geneviéve a si long-tems fait pénitence d'un péché qu'elle n'avoit pas commis. Voici le lieu où l'innocence a tant soupiré : voilà l'endroit où ses pauvres membres reposoient : Et suis je encore à délibérer sur un projet que je devrois avoir exécuté il y a long-tems ?

Comme le Comte étoit en cette admiration, la plus grande partie de la Noblesse arriva, & ne fus par moins saisie de ce spectacle que lui, voyant que cet accident n'étoit pas sans miracle. Sifroy ne voulut pas néanmoins qu'il fut dommageable à la pauvre bête qui s'y etoit retirée : ayant donc fait mettre les chiens en laisse, il chassa le cerf dans le bois, où il trouva bientôt son salut dans la fuite. Encore que nos chasseurs n'amenassent rien au château, ils ne firent toutefois jamais une meilleure prise : le Comte qui avoit un dessein en l'esprit dont personne n'avoit connoissance, partit quelque tems après pour Tréves, où il trouva Saint Hidulphe fort porté au dessein qu'il méditoit, c'étoit de bâtir une chapelle où la bienheureuse Geneviéve avoit si long-tems vécu, pour servir de mémoire aux miséricordes dont la bonté divine avoit rendu ce lieu recommandable. La bénédiction se fit avec une magnificence qui témoignoit assez l'affection d'un mari aussi passionné, & la libéralité d'un Prince qui n'étoit point avare.

L'Eglise porta le nom de Notre-Dame de Marsan par l'imposition que l'Archevêque en fit à sa Dédicace, & la raison de ce nom signifioit en langue du pays, *Miséricorde*, & se doit prendre des graces que la Protectrice Geneviéve reçut dans cette sainte Grotte.

Le Palatin jugeant que cette Solitude pourroit servir d'un agréable séjour, à ceux qui fuyent les créatures pour trouver Dieu, fit dresser aux environs de cette chapelle, deux ou trois petits Hermitages, qui reçurent pareillement la bénédiction de Saint Hidulphe, qui ne partit point de Notre-Dame de Marsan, avant que d'avoir placé sur le grand Autel la croix miraculeuse que Geneviéve reçut de la main des Anges.

A quelque tems delà, les Reliques de la comtesse furent

tranſportées au lieu qui les avoit fait ſaintes. Cette action reçut approbation du Ciel, qui permit qu'une couple de chevaux ſuppléât ſans peine au ſervice de cinq ou ſix paires de Bœufs néceſſaires à ce convoi. Ce qui rendit ce tranſport plus miraculeux, ce fut la vénération qu'elle reçut des créatures qu'on n'en peut eſtimer capables.

Les plus hauts arbres courboient leurs rameaux, pour honorer ce corps, qui venoient les conſacrer par ſa préſence : les oiſeaux s'efforçoient de chanter avec un témoignage de joie ſi viſible, qu'on ne pouvoit l'ignorer.

Comme ce ſacré dépôt fut poſé en la place qui lui avoit été marquée, & que tout le monde eût laiſſé le Palatin ſeul dans ſa Chapelle, notre Sauveur détacha ſa main droite de la croix, & le bénit. Qui ne voit maintenant à quelles proſpérités les afflictions conduiſent l'homme, & que Dieu permet quelquefois que nous ſoyons miſérables, afin de nous rendre heureux.

Les cérémonies de la dédicace étant accomplies, chacun retourn en ſa maiſon; mais le Comte voyant ſon tréſor dans cette ſainte retraite, ne faut pas trouver étrange s'il y avoit ſon cœur, toutes ſes penſées tendoient de ce côté-là; ſes déſirs n'avoient point d'autre objet, s'il pouvoit échapper, toutes ſes viſites ſe déterminoient à cette ſainte Chapelle; enfin reconnoiſſant par l'expérience de quelque mois, qu'un homme ne peut avoir de repos où il n'a point de plaiſir, ni un corps vivre ſéparé de ſon cœur, il appella ſon frere dans ſon cabinet avec le petit Benoni, & leur parla ainſi.

Mon cher frere, il y a quelque mois que vous avez pu reconnoître aux changemens de mes occupations : celui de mes affections, néanmoins puiſqu'il faut s'ouvrir plus clairement à quelqu'un, je n'ai perſonne à qui je puiſſe mieux le faire, & par devoir & par inclination; vous ne ſeriez pas maintenant à ſavoir mon deſſein, ſi je n'euſſe jugé plus à propos de vous voir pour auteur de ce conſeil ; vous avez vu une partie de mes maux, & vous avez ſoupiré avec toute l'affection que je pouvois attendre d'un frere, j'eſpere que vous ne prendrez pas une moindre part à mes joies qu'à mes déplaiſirs, & que je dois attendre tout ce qui ſera de votre pouvoir en tout ce qui ſera de mon contentement. Cela me fait réſoudre à vous laiſſer la tutelle de mon fils, qui ne doit rien moins eſpérer de votre affection, que celle d'un bon pere : auſſi doit-il déformais vous reconnoître comme me repréſentant en cette qualité, puiſque ma réſolution eſt de donner ce qui me reſte de vie au ſervice de mon

Dieu, dans le même lieu où notre maison a reçu tant de faveurs : ne me représentez pas que ma complexion est délicate, parce que ma réponse est prête dans l'exemple de ma chere Geneviéve ; ne me dites pas que Benoni a besoin de mon assistance, puisqu'il a un oncle duquel il doit attendre toute sorte de support ; au reste cette volonté est arrêtée, que je ne veux pas un seul jour en retarder l'exécution : Voilà, mon cher frere, des papiers qui vous donneront connoissance de nos affaires.

Ce fut ici où la Nature donna des larmes, sans toute fois oser contredire une si parfaite résolution, il n'y eut que Benoni qui parla en ces termes.

Monsieur, je suis trop jeune pour blâmer votre conseil, mais je suis assez vieux pour suivre votre exemple ; vous me laissez un peu de terre pour posseder le Ciel, ne serois-je pas ignorant si j'acceptois ce que vous m'offrez, pouvant faire la même chose que vous faites ? Non, Monsieur, je ne vivrai jamais autre part qu'auprés de vous ; le Noviciat que j'ai fait dans la solitude que vous desirez, m'a donné une trop douce expérience de ses plaisirs, pour m'éloigner de votre intention ; si votre dessein est d'y vivre, le mien est de ne jamais mourir autre part ; Mon oncle, jouissez librement des biens de notre Maison, je vous les laisse d'aussi franche volonté que je vous remercie cordialement du soin que vous étiez prêt de prendre pour moi.

Cette résolution de Benoni fut contre l'attente de son pere, mais non pas contre son desir. Voici donc le Palatin qui lui fait préparer un petit habit d'hermite, ainsi qu'il y en avoit au monde, pour se rendre auprès de sa chere moitié accompagné de son cher fils ; ils arriverent en la sainte Grotte, où tous les animaux qui étoient apprivoisés avec Benoni, le vinrent bientôt reconnoître.

Nous voici, mon cher Lecteur, à la fin de notre Histoire, qui met la providence de Dieu dans son plus beau jour, l'innocence hors de la crainte d'être opprimée, & peut-être même du desir d'être poursuivie de la calomnie, quisque ses persécutions sont suivies du mérite reconnu avec tant de gloire. S'il y a quelque chose de bon dans ce discours, je n'en prétends point d'autre récompense que la faveur louable : je recevrai de bon cœur pour peine de mes fautes la censure de tous ceux qui me feront l'honneur de lire ce petit Ouvrage.

F I N.

CANTIQUE DE SAINTE GENEVIÈVE

de Brabant: Sur l'air *Que devant.*

Approchez-vous honorable
    assistance,
Pour entendre réciter en ce lieu
L'Innoncence reconnue & pa-
    tience
De Geneviéve très-aimée de
    Dieu,
Etant Comtesse,
De grand'Noblesse;
Née du Brabant étoit assuré-
    ment.
    Geneviéve fut nommée au
    Baptême,
Ses Pere & Mere l'aimoient
    tendrement,
La solitude prenoient d'elle-
    même,
Donnant son cœur au Sauveur
    Tout-Puissant,
Son grand mérite
Fit qu'à la suite,
Dès dix - huit ans fut mariée
    richement,
    En peu de temps s'éleva
    grande guerre,
Son Mari Seigneur du Palatinat,
Fut obligé pour son honneur
    & gloire,
De quitter la Comtesse en cet
    état,
Etant enceinte,
D'un mois sans feinte,
Fait ses adieux,
Ayant les larmes aux yeux.
Il a laissé son aimable Comtesse
Entre les mains d'un méchant
    Intendant,
Qui la voulut séduire par finesse,
Et l'honneur lui ravir subtile-
    ment;

Mais cette Dame,
Pleine de charme,
N'y voulut consentir aucune-
    ment.
    Ce malheureux accusa sa
    Maîtresse,
D'avoir péché avec son Cui-
    sinier;
Le Serviteur fit mourir par
    adresse,
Et la Comtesse fit emprisonner,
Chose assurée,
Est accouchée,
Dans la prison
D'un beau petit garçon.
    Le temps finit toute cette
    grand'guerre,
Ce Seigneur revint en son pays,
Golo s'en fut au-devant de son
    Maître,
Jusqu'à Strasbourg accomplir
    son envie,
Ce-téméraire
Lui fit accroire
Que sa femme adultere avoit
    commis.
    Etant troublé de chagrin
    dans son ame,
Il en chargea Golo ce Tyran,
D'aller au plutôt faire tuer la
    Dame,
Et massacrer son petit Innocent
Ce méchant traître !
Quittant son Maître,
Va d'un grand cœur
Exercer sa fureur.
    Ce Bourreau de Geneviéve
    si tendre,
La dépouilla de ses habillemens

De vieux haillons lui fit vêtir
    & prendre,
Par deux Valets fort rudes &
    très-puiffans,
L'ont amenée,
Bien défolée,
Dans la Forêt avec fon cher
    Enfant.
    Geneviéve en approchant
    du fupplice.
Dit à fes deux Valets tout en
    pleurant ;
Si vous voulez me rendre un
    grand fervice,
Faites-moi mourir avant mon
    cher Enfant,
Et fans remife,
Je fuis foumife,
A votre volonté préfentement.
    La regardant, l'un dit qu'al-
    lons-nous faire ?
Quoi ! un maffacre ! je n'en
    ferai rien ;
Faire mourir notre aimable
    Maîtreffe,
Peut-êtrè un jour nous fera-
    t-elle du bien :
Sauvez-vous, Dame,
Pleine de charme,
Dans ces Forêts, qu'on ne
    vous voie jamais.
    Celui qui a fait grace à fa
    Maîtreffe,
Dit : je fais bien comment
    tromper Golo,
La langue d'un chien il nous
    faut par fineffe
Prendre & porter à ce cruel
    Bourreau ;
Ce traître infâme,
Dedans fon ame,
Dira c'eft celle de Geneviéve
    au tombeau.

Au fond d'un bois dedans
    une carriere,
Geneviéve défneura pauvre-
    ment,
Etant fans pain, fans feu &
    lumiere,
Ni compagnie que fon cher
    Enfant ;
Mais l'affiftance,
Qui la fubftante,
C'eft le bon Dieu qui la garde
    en tout lieu.
    Elle fut vifitée d'une pau-
    vre Biche,
Qui tous les jours allaitoit fon
    Enfant ;
Tous les oifeaux chantent &
    la réjouiffent,
L'accoutumant à leur aimable
    chant ;
Les bêtes farouches
Près d'elle fe couchent,
La divertiffent elle & fon cher
    Enfant.
    Voilà fon Mari qui eft en
    grand-peine,
Dans fon Château confolé par
    Golo ;
Ce n'eft que jeux & feftins
    qu'on lui mene :
Mais ces plaifirs font très-mal-
    à-propos ;
Car dans fon ame,
Sa chere Dame,
Pleure fans fin avec un grand
    chagrin.
    Jefus-Chrift a découvert
    l'innoncençe
De Geneviéve par fa grande
    bonté,
Chaffant dans la Forêt en dili-
    gence,

Le Comte des Chasseurs s'est
  écarté,
Après la Biche
Qui est nourrice
De son Enfant qu'elle allai-
  toit souvent.
  La pauvre Biche se sauva
  au plus vîte
Dedans la Grotte auprès de
  l'innocent
Le Comte aussi-tôt faisant la
  poursuite,
Pour l'attirer de ce lieu promp-
  tement,
Vit la figure
D'une créature
Qui étoit auprès de son Enfant.
  Appercevant dedans ce lieu
  obscur,
Cette femme couverte de che-
  veux,
Lui demanda qui êtes-vous,
  créature?
Qne faites-vous dans ce lieu
  ténébreux?
Ma chere amie,
Je vous en prie,
Dites-moi donc, s'il vous plaît,
  votre nom.
  Geneviéve, c'est mon Nom
  d'assurance,
Née du Brabant, où sont tous
  mes parens,
Un grand Seigneur m'épousa
  sans doutance,
Dans son pays m'emmena
  promptement;
Je suis Comtesse,
De grand'Noblesse,
Mais mon Mari fait de moi
  grand mépris.
  Il m'a laissée étant d'un mois
  enceinte.

Entre les mains d'un méchant
  Intendant,
Qui a voulu me séduire par
  contrainte,
Et puis me faire mourir vilai-
  nement,
De rage félonne;
Dit à deux hommes,
De me tuer ainsi que mon En-
  fant.
  Le Comte ému reconnois-
  sant sa femme,
Dedans ce lieu la regarde en
  pleurant;
Quoi! est-ce vous, Genevié-
  ve, chere Dame,
Pour qui je pleure il y a long-
  temps?
Mon Dieu quelle grace,
Dans cette place,
De rencontrer ma très-chere
  moitié!
  Ah! que de joie! au son de
  la Trompette,
Voici venir la chasse & les
  Chasseurs,
Qui reconnurent le Comte je
  proteste,
A ses côtés sa femme & son
  cœur,
L'Enfant, la Biche,
Les chiens chérissent,
Les Serviteurs rendent graces
  au Seigneur.
  Tous les oiseaux & les bêtes
  sauvages,
Regrettent Geneviéve par
  leur chant,
Pleurent & gemissent par leurs
  doux ramages,
En chantant tous d'un ton fort
  languissant,

Pleurant la perte
Et la retraite
De Geneviéve & de son cher
Enfant.
　Ce grand Seigneur pour pu-
nir l'insolence,
Et la perfidie du traître Golo,
Le fit juger par très-juste Sen-
tence,
D'être écorché vif par un bour-
reau,
A la voirie, L'on certifie
Que son corps y fut jetté par
morceaux.
　Fort peu de temps notre il-
lustre Princesse
Resta vivante avec son cher
Mari,
Malgré les cheres & les tendres
caresses,
Elle ne pensoit qu'au Sauveur
Jesus-Christ,
Dans sa chere ame,
Remplie de flamme,
Elle prioit Dieu tant le jour
que la nuit.
　Elle ne pouvoit manger que
des racines,
Dont elle se nourrissoit de-
dans le bois,
Ce qui fait que son Mari se
chagrine,
Offrant toujours des vœux au
Roi des Rois :
Qu'il s'intéresse
De sa Princesse,
Qui suivoit si austérement ses
Loix.
　Puissant Seigneur, par amour
je vous prie,
Et puisqu'aujourd'hui il nous
faut quitter,

Que mon cher Fils, ma douce
compagnie,
Tienne toujours place à notre
côté ;
Que la souffrance
De son enfance,
Fasse la preuve de sa fidélité.
　Geneviéve à ce moment
rendit l'ame.
Au Roi des Rois, le Sauveur
Tout-Puissant,
Benoni de tout son cœur &
son ame,
Poussoit des cris terribles &
languissans,
Se jettant par terre,
Lui & son Pere,
Se lamentant, pleurant amé-
rement.
　Du Ciel alors sortit une lu-
miere,
Comme un rayon de Soleil
tout nouveau,
Dont la clarté dura la nuit en-
tiere ;　　　　　　(beau :
Rien n'a paru au monde de plus
Les pauvres & riches,
Jusqu'à la Biche,
Tout suit Geneviéve jusqu'au
Tombeau.
　Pour conserver à jamais
l'innocence
De Geneviéve accusée par
Golo ;
La pauvre Biche veut par ses
souffrances
Le prouver par un miracle nou-
veau,
Puisqu'elle est morte,
Quoiqu'on lui porte,
Sans boire ni manger sur le
Tombeau.　　　*F I N.*

PERMISSION DU ROI.

LOUIS, par la Grace de Dieu, Roi de France & de Navarre. A nos amés & Féaux Confeillers les Gens tenant nos Cours de Parlemens, Maîtres des Requêtes ordinaires de notre Hôtel, Grand Confeil, Prévôt de Paris, Baillifs, Sénéchaux, leurs Lieutenans civils, & autres nos Jufticiers qu'il appartiendra, Salut : Notre bien amé Pierre Garnier, Imprimeur & Libraire à Troyes, Nous ayant fait fupplier de lui accorder nos Lettres de permiffion pour l'impreffion de plufieurs livres intitulez ; *Hiftoires abrégées de l'Ancien & du Nouveau Teftament* ; *L'Innocence Reconnue*, *&c.* Nous lui avons permis & permettons par ces Préfentes de faire imprimer lefdits Livres ci-deffus fpecifiez en tels volumes, formes, marge, caracteres, conjointement ou féparement, & autant de fois que bon lui femblera, & de les vendre, faire vendre & débiter par tout notre Royaume pendant le tems & efpace de trois années confécutives, à compter du jour de la préfente permiffion : Faifons défenfe à tous Imprimeurs, Libraires, & autres perfonnes de quelque qualité & condition qu'elles foient, d'en introduire d'impreffion étrangere dans aucun lieu de notre obéiffance : A la charge que ces préfentes feront enregiftrées tout au long fur le Regiftre de la Communauté des Imprimeurs & Libraires de Paris, dans trois mois de la date d'icelles ; que l'impreffion de ces livres fera faite dans notre Royaume & non ailleurs, en bon papier & en beaux caractères, conformément aux Réglemens de la Librairie : Et qu'avant que de l'expofer en vente, &c. Donné à Paris le 22 jour de Juillet, l'an de grace 1728. Et de notre regne le 13.

Par le Roi en fon Confeil. **NOBLET.**

Regiftré fur le Regiftre VII. de la Chambre Royale des Libraires & Imprimeurs de Paris, No. 178. folio 152. conformément aux anciens Réglemens, confirmez par celui du 28. Février 1723. A Paris le neuf Juillet 1728.
G. MARTIN, *Syndic*

www.ingramcontent.com/pod-product-compliance
Lightning Source LLC
LaVergne TN
LVHW012223170726
843503LV00005B/2239